R.U.R.

R.U.R.

(OS ROBÔS UNIVERSAIS DE ROSSUM)

Karel Čapek

TRADUÇÃO DO TCHECO
Erick Fishuk

Aleph

R.U.R.

TÍTULO ORIGINAL:
R.U.R. (Rossumovi Univerzální Roboti)

COPIDESQUE:
Marlon Magno

REVISÃO:
Luciane H. Gomide
Isabela Talarico

CAPA:
Giovanna Cianelli

ILUSTRAÇÃO [BROCHURA]:
Marjô Mizumoto

DADOS INTERNACIONAIS DE CATALOGAÇÃO NA PUBLICAÇÃO (CIP)
DE ACORDO COM ISBD

S241r Čapek, Karel
R.U.R. (Os Robôs Universais de Rossum) / Karel Čapek ; traduzido por Erick Fishuk.
- São Paulo : Aleph, 2024.
256 p. ; 14cm x 21cm.

Tradução de: R.U.R.
ISBN: 978-85-7657-623-5 (brochura)
ISBN: 978-85-7657-627-3 (capa dura)

1. Teatro. 2. Ficção científica. 3. Sociedade. 4. Tecnologia. 5. Robô.
6. Rebelião das máquinas. I. Fishuk, Erick. II. Título.

CDD 792
2024-62 CDU 792

ELABORADO POR ODILIO HILARIO MOREIRA JUNIOR - CRB-8/9949

ÍNDICES PARA CATÁLOGO SISTEMÁTICO:
1. Teatro : 792
2. Teatro : 792

Aleph

Rua Bento Freitas, 306 - Conj. 71 - São Paulo/SP
CEP 01220-000 • TEL 11 3743-3202
www.editoraaleph.com.br

@editoraaleph
@editora_aleph

R.U.R.

DRAMA COLETIVO COM UMA ABERTURA CÔMICA E TRÊS ATOS

PERSONAGENS

HARRY DOMIN	Diretor-geral da Robôs Universais de Rossum (R.U.R.)
ENGENHEIRO FABRY	Diretor técnico geral da R.U.R.
DOUTOR GALL	Chefe da seção de Fisiologia e Pesquisa da R.U.R.
DOUTOR HALLEMEIER	Chefe do Instituto de Psicologia e Educação dos Robôs da R.U.R.
CÔNSUL BUSMAN	Diretor comercial geral da R.U.R.
CONSTRUTOR ALQUIST	Mestre de obras da R.U.R.
HELENA GLORY	
NANÁ	Criada de Helena
MARIUS	Um robô
SULLA	Uma robô

RADIUS	Um robô
DAMON	Um robô
1º ROBÔ	
2º ROBÔ	
3º ROBÔ	
4º ROBÔ	
PRIMUS	Um robô
HELENA	Uma robô
UM EMPREGADO ROBÔ E DIVERSOS ROBÔS	

DOMIN	Tem uns 38 anos de idade no prelúdio, é alto e sem barba.
FABRY	Também não tem barba, é loiro e de feições finas e sérias.
DR. GALL	É baixinho, vívido, tem pele morena e bigode preto.

HALLEMEIER	É grandalhão, atrapalhado, um ruivo com bigode *hipster* e densas suíças.
BUSMAN	É um judeu gordo, careca e míope.
ALQUIST	É mais velho que os demais, veste-se com desleixo e tem barba e cabelos longos e grisalhos.
HELENA	É muito graciosa.

Na peça em si, a idade de todos avança dez anos.

No prelúdio, os robôs estão vestidos como pessoas. Movem-se e falam de forma mecânica, têm olhar fixo e rostos sem expressão.

Na peça em si, usam camisas de linho presas por cinto à cintura, e no peito há um número em uma placa de latão.

Após o prelúdio e o segundo ato, faz-se uma pausa.

PRELÚDIO

(Escritório central da fábrica Robôs Universais de Rossum. A entrada fica à direita. Na parede frontal, avistam-se pelas janelas intermináveis séries de prédios industriais. À esquerda, mais salas de direção.)

DOMIN *(Sentado numa poltrona giratória junto a uma grande escrivaninha americana. Sobre a mesa estão uma lâmpada, um telefone, pesos de papel, arquivos, cartas, papéis etc. Na parede, à esquerda, estão mapas grandes, marcando linhas náuticas e ferroviárias, um grande calendário e um relógio indicando pouco antes do meio-dia. Nessa parede, à direita, há cartazes impressos: "A mais barata mão de obra: os Robôs de Rossum"; "Robôs Tropicais, a nova invenção, US$ 150 a unidade";*

"Compre já o seu Robô!"; "Quer baratear os seus produtos? Encomende o seu Robô de Rossum". Figuram ainda outros mapas, uma tabela de horários de navios, outra com registros telegráficos das taxas de câmbio etc. Contrastando com essa decoração das paredes, há no chão um belo tapete turco, e à direita uma mesa redonda, um sofá, poltronas de couro e uma estante que não tem livros, mas garrafas de vinho e aguardente. À esquerda, uma caixa registradora. Ao lado da mesa de Domin está uma máquina de escrever, usada pela jovem Sulla.)

DOMIN (*Ditando*) "... que não damos garantia à mercadoria danificada no transporte. Logo no carregamento, advertimos o capitão que seu navio não era adequado para transportar robôs. Portanto, não nos responsabilizamos por danos à carga. Atenciosamente, Robôs Universais de Rossum." Pronto?

SULLA Pronto.

DOMIN Outra carta. Fábrica Friedrich, Hamburgo. Data. "Atestamos sua encomenda de quinze mil robôs."

(*O telefone toca. Domin atende e fala.*)

"Alô? Aqui é o diretor. Ok. Certo. Mas sim, como sempre. Perfeito, mande-lhe o telegrama. Ok."

(*Desliga o telefone*) Onde eu estava?

SULLA "Atestamos sua encomenda de quinze mil robôs."

DOMIN (*Pensativo*) Quinze mil robôs. Quinze mil robôs.

MARIUS (*Entrando*) Senhor diretor, uma dama quer vir lhe falar.

DOMIN Quem?

MARIUS Não sei. (*Entrega a ele um cartão de visitas*)

DOMIN (*Lendo*) "Presidente Glory, diretor-geral..." Mande-o entrar.

MARIUS (*Abrindo a porta*) Tenha a bondade, senhora.

(*Helena Glory entra. Marius sai.*)

DOMIN (*Levantando-se*) A que devo a visita?

HELENA Senhor Domin, o diretor-geral?

DOMIN À sua disposição.

HELENA Vim aqui para...

DOMIN ... com o cartão de visitas do presidente Glory. Já entendi.

HELENA O presidente Glory é meu pai. Meu nome é Helena Glory.

DOMIN Senhorita Glory, para nós é uma honra inusitada porque... porque...

HELENA ... porque não pode me mandar embora.

DOMIN ... porque podemos saudar a filha de um grande presidente. Sente-se, por favor. Sulla, pode sair.

(*Sulla sai*)

DOMIN (*Sentando-se*) Em que posso ser útil, senhorita Glory?

HELENA Eu vim aqui para...

DOMIN ... observar como fabricamos pessoas. Como todos os visitantes. Claro, sem mais demoras.

HELENA Achei que não fosse permitido...

DOMIN ... entrar na fábrica? Bom, claro que não é. Mas todos que chegam até aqui são recomendados por alguém, senhorita Glory.

HELENA E vocês a mostram para todos?

DOMIN Somente uma parte. A fabricação de pessoas artificiais, senhorita, é um segredo industrial.

HELENA Por que não me deixa terminar de falar?

DOMIN Peço desculpas. Não era isso que ia perguntar?

HELENA Eu queria saber...

DOMIN ... se eu não faria uma completa exceção e lhe mostraria nossa fábrica inteira. Mas é claro, senhorita Glory.

HELENA Como sabe que era isso que eu queria pedir?

DOMIN Todos pedem a mesma coisa. (*Levanta-se*)

Pela consideração especial, a senhorita verá mais que os outros, e em uma palavra...

HELENA Muito obrigada.

DOMIN Só lhe peço que não conte a ninguém o que vir aqui.

HELENA (*Levanta-se e estende-lhe a mão*) Palavra de honra!

DOMIN Obrigado. Não gostaria talvez de tirar seu véu?

HELENA Ah, sim, o senhor quer ver... Desculpe.

DOMIN Posso?

HELENA Se soltar a minha mão...

DOMIN (*Solta*) Perdão, perdão.

HELENA (*Tira o véu*) Quer ver se não sou uma espiã? O senhor é desconfiado...

DOMIN (*Olhando-a encantado*) Hum... sim... nós... é isso.

HELENA O senhor não confia em mim?

DOMIN Extraordinário, senhorita Hele... perdão, senhorita Glory. De fato é um prazer extraordinário. Fez uma boa viagem?

HELENA Fiz. Por quê?

DOMIN Porque... me parece que... a senhorita ainda é muito jovem.

HELENA Vamos logo para a fábrica?

DOMIN Vamos. Acho que tem 22, não?

HELENA Vinte e dois o quê?

DOMIN Anos.

HELENA Tenho 21. Por que deseja saber?

DOMIN Porque... bem...

(*Com entusiasmo*) A senhorita vai ficar mais tempo, não vai?

HELENA Depende do que o senhor quiser me mostrar.

DOMIN Ah, a maldita fábrica! Mas é claro, senhorita Glory, vou lhe mostrar tudo. Sente-se, por favor. Gostaria de conhecer a história da invenção?

HELENA Sim, pode me contar. (*Senta-se*)

DOMIN Pois bem. (*Senta-se à escrivaninha, observa Helena fascinado e desanda a falar rapidamente*)

Era o ano de 1920 quando o velho Rossum, um grande filósofo, mas na época um acadêmico ainda jovem, se retirou para esta ilha distante a fim de estudar a fauna marinha. Ponto. Ao mesmo tempo, ele tentou imitar a matéria viva por meio de uma síntese química chamada protoplasma. Até que, de repente, descobriu uma substância que se comportava exatamente como matéria viva, embora tivesse outra composição química. O ano então era 1932, exatamente 440 anos após a descoberta da América... ufa!

HELENA O senhor decorou tudo isso?

DOMIN Decorei. A fisiologia, senhorita Glory, não é minha especialidade. Posso continuar?

HELENA Deve.

DOMIN (*Celebrando*) E então, senhorita, o velho Rossum escreveu isto aqui entre suas fórmulas químicas: "A natureza encontrou um determinado meio de organizar a matéria viva. Há, porém, outro meio mais simples, mais flexível e mais rápido, ao qual a natureza jamais chegaria. Esse outro caminho, que a evolução da vida podia ter tomado, eu descobri no dia de hoje". Mentalize, senhorita. Ele escreveu essas grandes palavras em cima do escarro de um tipo de gelatina coloide que nem mesmo um cachorro devoraria. Mentalize-o sentado sobre um tubo de ensaio, imaginando crescer daí de dentro a árvore da vida, surgirem todos os animais, a começar por um rotífero, até chegar... chegar ao próprio homem. Um homem feito de uma substância diferente da nossa. Senhorita Glory, foi um momento grandioso.

HELENA E depois?

DOMIN Depois? Tratava-se então de rapidamente extrair a vida de um tubo de ensaio, acelerar o desenvolvimento e formar alguns desses órgãos, ossos, nervos ou qualquer outra coisa, descobrir quaisquer outras substâncias, catalisadores, enzimas, hormônios e por aí vai. Entendeu?

HELENA Hummm... não sei. Acho que só um pouco.

DOMIN Eu não entendi em absoluto. Sabe, com a ajuda dessas aguinhas ele podia fazer o que quisesse. Podia, por exemplo, obter uma água-viva com um cérebro socrático ou uma minhoca medindo cinquenta metros. Mas, como não tinha um pingo de senso de humor, encasquetou que criaria um vertebrado comum ou quem sabe um homem. E então mergulhou nisso.

HELENA Nisso o quê?

DOMIN Nisso de imitar a natureza. Logo tentou fazer um cão artificial. Custaram-lhe alguns anos para obter algo parecido com um bezerro atrofiado, que acabou vivendo só por alguns dias. Vou lhe mostrar depois no museu. E então o velho Rossum retomou sua busca pela criação de um homem.

(*Pausa*)

HELENA E não posso revelar isso a ninguém?

DOMIN A ninguém no mundo inteiro.

HELENA Pena que isso já está em todos os livros escolares.

DOMIN É uma pena. (*Pula de cima da mesa e se senta ao lado de Helena*)

Mas sabe o que não está nos livros? (*Batendo de leve na própria testa*)

Que o velho Rossum era um tremendo louco. Isso é grave, senhorita Glory, mas guarde isso com você. Aquele velho excêntrico queria realmente fazer pessoas.

HELENA Mas então vocês fazem mesmo pessoas!

DOMIN Quase isso, senhorita Helena. O velho Rossum entendia isso ao pé da letra. Sabe, ele queria ser uma espécie de substituto científico de Deus. Fez tudo isso por ser um terrível materialista. Para ele, não se tratava de nada mais do que provar que nenhum Senhor Deus era necessário. Por isso, inventou que queria fazer um homem completo, tal como nós. A senhorita conhece um pouco de anatomia?

HELENA Bem... muito pouco.

DOMIN Eu também. Imagine que ele cismou de produzir tudo, até a última glândula, tal como no corpo humano. O ceco, as amígdalas, o umbigo, um monte de futilidades. Enfim, até mesmo... hã... até mesmo as glândulas sexuais.

HELENA Mas então o senhor... o senhor...

DOMIN ... não são supérfluas, eu sei. Mas, se as pessoas devem ser fabricadas artificialmente, então não há... enfim... qualquer necessidade...

HELENA Entendo.

DOMIN Vou lhe mostrar no museu o que ele acumulou em dez anos de fracassos. Deveria ser um homem, mas viveu ao todo somente três anos. O velho Rossum não tinha um pingo de bom gosto. Ficou horrível. Ficou horrível o que ele fez. Mas tinha por dentro tudo o que um homem tem. De fato, um trabalho terrivelmente maçante. E então chegou o engenheiro Rossum, sobrinho do velho. Uma mente genial, senhorita Glory. Quando viu o que o velho aprontou, disse: "Que insensatez ficar dez anos produzindo um homem. Se você não o fizer mais rápido do que a natureza, que se dane então toda essa tranqueira". E ele mesmo se lançou ao estudo da anatomia.

HELENA Nos livros está escrito diferente.

DOMIN (*Levanta-se*) Nos livros há propaganda paga e, além disso, absurdos. Lá escrevem, por exemplo, que os robôs foram inventados pelo velho senhor. Nesse intervalo, o velho senhor estava se adequando à universidade, mas nada sabia a respeito de produção industrial. Pensava em fazer pessoas reais, talvez então um tipo de novos indígenas, acadêmicos ou idiotas, sabe? Mas o jovem Rossum só pensava em fazer disso máquinas de trabalhar, vivas e inteligentes. O que se lê nos livros sobre a colaboração desses grandes homens não passa de contos de fadas. Aqueles dois viviam brigando cruelmente. O velho ateu não tinha a menor capacidade para a indústria, e no final o jovem o trancou em algum laboratório para que ficasse se sujando com seus grandes monstros, e começou ele mesmo a fabricar tudo, como um engenheiro. O velho Rossum amaldiçoou-o, literalmente, e até falecer cometeu mais dois monstros fisiológicos, sendo finalmente encontrado morto dentro do laboratório. Essa é toda a história.

HELENA E o que aconteceu com o jovem?

DOMIN Com o jovem Rossum, senhorita, foi uma nova era. Uma era de produção após uma era de conhecimento. Ao analisar a anatomia humana, ele percebeu na hora que era algo complexo demais e que um engenheiro faria tudo de um jeito mais simples. Começou então a reelaborar a anatomia e verificou o que poderia ser removido ou simplificado... Resumindo, senhorita Glory... Bem, isso não a aborrece?

HELENA Não, ao contrário, é terrivelmente interessante.

DOMIN E então o jovem Rossum falou para si mesmo: "O homem é algo que, digamos, sente alegria, toca violino, deseja ir passear e precisa mesmo fazer um monte de coisas que... que são totalmente supérfluas".

HELENA Oooh!

DOMIN Espere... "totalmente supérfluas" se ele precisa, por exemplo, costurar ou calcular. Um motor a diesel não precisa de roupas e enfeites, senhorita Glory. E fabricar trabalhadores artificiais é exatamente como fabricar motores a diesel. Sua produção deve ser a mais simples possível, e o produto final, virtualmente o melhor. Qual trabalhador você acha virtualmente o melhor?

HELENA O melhor? Talvez aquele que... que... que seja honesto... e dedicado.

DOMIN Não, aquele que seja mais barato. Aquele que tenha necessidades mínimas. O jovem Rossum inventou um operário com o mínimo possível de necessidades. Ele devia ser simplificado. Removeu tudo o que não servia diretamente ao trabalho. Com isso, de fato, dispensou o homem e concebeu o robô. Cara senhorita Glory, os robôs não são humanos. São mecanicamente mais perfeitos do que nós, têm uma impressionante inteligência racional, mas não têm alma. Ah, senhorita Glory, a criação de um engenheiro é tecnicamente mais refinada do que um produto da natureza.

HELENA Dizem que o homem é uma criação de Deus.

DOMIN — Pior, portanto, Deus não conhecia nada das técnicas modernas. A senhorita acreditaria que o finado Rossum jovem colocou-se no papel de Deus?

HELENA — Como? Não entendi.

DOMIN — Começou a fabricar super-robôs. Gigantes operários. Tentou fazê-los com quatro metros de altura. A senhorita não acreditaria em como esses mamutes quebravam.

HELENA — Quebravam?

DOMIN — Isso mesmo. De repente, suas pernas, ou algo do tipo, se despedaçavam. Nosso planeta é claramente um tanto pequeno para gigantes. Agora só fazemos robôs de altura-padrão, de formato humano muito apropriado.

HELENA — Os primeiros robôs eu vi em nossa terra. O município comprou... quero dizer, contratou...

DOMIN — "Comprou", cara senhorita. Robôs são comprados.

HELENA ... empregou como garis. Eu os olhava varrendo. São tão estranhos, tão quietos.

DOMIN Viu a minha datilógrafa?

HELENA Não prestei atenção.

DOMIN (*Toca a campainha*) Sabe, a Robôs Universais de Rossum S.A. até agora não tem fabricado um tipo único de mercadoria. Temos os robôs mais refinados e os mais rústicos. Os melhores devem durar em torno de vinte anos.

HELENA E depois morrem?

DOMIN Isso mesmo, estragam.

(*Sulla entra*)

DOMIN Sulla, venha até aqui para que a senhorita Glory a veja melhor.

HELENA (*Levanta-se e estende-lhe a mão*) Muito prazer. Talvez esteja terrivelmente aborrecida por ficar tão longe do mundo, não?

SULLA Não sei, senhorita Glory. Queira sentar-se, por favor.

HELENA (*Senta-se*) De onde a senhorita veio?

SULLA Daqui da fábrica.

HELENA Hã? Você nasceu aqui?

SULLA Sim, fui fabricada aqui.

HELENA (*Dá um salto*) Como é?

DOMIN (*Sorrindo*) Sulla não é humana, senhorita. Sulla é um robô.

HELENA Peço desculpas...

DOMIN (*Coloca a mão sobre o ombro de Sulla*) Sulla não está zangada. Veja só, senhorita Glory, que bela cútis fazemos. Toque no seu rosto.

HELENA Ah, não, não!

DOMIN Nem perceberia que é feita de um material diferente do nosso. Pegue, tem também uma típica cabeleira loira. Apenas os olhos são pequeninos... Em compensação, os cabelos... Vire-se, Sulla!

HELENA Parem já com isso!

DOMIN Converse com a hóspede, Sulla. É uma visita incomum.

SULLA Sente-se, por favor, senhorita.

(*As duas se sentam*)

Viajou bem no navio?

HELENA Sim... v-viajei, sim.

SULLA Não retorne com o *Amélia*, senhorita Glory. O barômetro está baixando muito, caiu para 705. Espere aqui pelo *Pensilvânia*, que é muito bom, um navio muito forte.

DOMIN Quão grande ele é?

SULLA Tonelagem de doze mil. Vinte nós por hora.

DOMIN (*Rindo*) Chega, Sulla, chega. Mostre-nos seus conhecimentos de francês.

HELENA A senhorita sabe francês?

SULLA Conheço quatro idiomas. Eu escrevo *Dear Sir! Monsieur! Geehrter Herr!* Estimado senhor!

HELENA (*Dá um salto*) Isso é uma armação! O senhor é um charlatão! Sulla não é um robô, é uma garota como eu. Sulla, isso é vergonhoso... por que está atuando nessa comédia?

SULLA Eu sou um robô.

HELENA Não, não, a senhorita mente! Oh, Sulla, perdoe-me, eu sei... Você foi coagida a fazer propaganda para eles! Sulla, a senhorita é uma garota como eu, não é? Diga!

DOMIN Lamento, senhorita Glory. Sulla é um robô.

HELENA O senhor está mentindo!

DOMIN (*Levanta-se*) Como assim?...

(*Toca a campainha*) Desculpe-me, senhorita, então tenho que convencê-la.

(*Marius entra*)

DOMIN Marius, leve Sulla até a sala de necropsia para que seja aberta. Rápido!

HELENA Para onde?

DOMIN A sala de necropsia. Quando for dissecada, a senhorita vai observá-la.

HELENA Eu não vou.

DOMIN Desculpe, mas disse que estávamos mentindo.

HELENA O senhor quer deixar que a matem?

DOMIN Não se matam máquinas.

HELENA (*Abraça Sulla*) Não tenha medo, Sulla, não vou permitir! Diga, querida, são todos tão brutos com você? Não pode tolerar isso, entendeu? Não pode, Sulla!

SULLA Eu sou um robô.

HELENA Dá na mesma. Os robôs são pessoas tão boas quanto nós, Sulla. Você deixaria que a dissecassem?

SULLA Sim.

HELENA Nossa! Não tem medo de morrer?

SULLA Não sei, senhorita Glory.

HELENA Sabe o que então lhe aconteceria?

SULLA Sim, eu deixaria de me mover.

HELENA Isso é *horrível*!

DOMIN Marius, diga à senhorita quem é você.

MARIUS	Robô Marius.
DOMIN	Você permitiria que Sulla fosse para a sala de necropsia?
MARIUS	Sim.
DOMIN	Não teria pena dela?
MARIUS	Eu não sei.
DOMIN	O que aconteceria com ela?
MARIUS	Ela deixaria de se mover. Seria levada ao triturador.
DOMIN	Isso é a morte, Marius. Você tem medo da morte?
MARIUS	Não.
DOMIN	Está vendo, senhorita Glory? Os robôs não são aferrados à vida. Não têm razão de viver. Não têm deleite. São menos do que a grama.

HELENA Não, pare! Mande-os no mínimo para fora!

DOMIN Marius, Sulla, podem sair.

(*Sulla e Marius saem*)

HELENA Eles são *horríveis*! É abominável o que o senhor faz!

DOMIN Por que abominável?

HELENA Não sei. Por que... por que vocês lhe deram o nome de Sulla?

DOMIN É um nome feio?

HELENA É um nome masculino. Sulla foi um general romano.

DOMIN Ah, achamos que Marius e Sulla fossem namorados.

HELENA Não, Marius e Sulla eram generais e lutaram entre si no ano... no ano... Não me lembro mais.

DOMIN Venha até aqui, na janela. O que está vendo?

HELENA Pedreiros.

DOMIN São robôs. Todos os nossos operários são robôs. E ali embaixo, está vendo alguma coisa?

HELENA Um escritório.

DOMIN A contabilidade. E nela...

HELENA ... um monte de funcionários.

DOMIN São robôs. Todos os nossos funcionários são robôs. Agora veja a fábrica...

(*Nisso soam os apitos e as sirenes da fábrica*)

DOMIN Meio-dia. Os robôs não sabem quando parar de trabalhar. Em duas horas a senhorita verá a misturadora.

HELENA Que misturadora?

DOMIN (*Secamente*) Uma mexedora de pasta. Em cada uma se mistura material para mil robôs de uma só vez. Depois, os recipientes para fígados, cérebros e tudo o mais. Você verá a fábrica de ossos. E então vou lhe mostrar a tecelagem.

HELENA Que tecelagem?

DOMIN A tecelagem dos nervos. A tecelagem das veias. A tecelagem onde correm de uma só vez quilômetros inteiros de tubos digestivos. Há ainda a montadora, onde tudo isso se junta num todo, como nos automóveis. Cada operário encaixa apenas uma parte, e de novo tudo vai correndo mecanicamente até o segundo, terceiro, infinitamente. Esse é o espetáculo mais impressionante. Então chegamos à sala de secagem e ao depósito, onde trabalham os produtos recém--fabricados.

HELENA Por Deus, devem ir diretamente ao trabalho?

DOMIN Desculpe. Trabalham como um móvel novo. Acostumam-se a existir. Como que se tricotam por dentro ou algo assim. Até mesmo cresce neles muita coisa nova. Entenda, devemos deixar um pouco de espaço para a evolução natural. Enquanto isso, os produtos recebem o retoque final.

HELENA O que é isso?

DOMIN É igual à "escola" dos humanos. Aprendem a falar, escrever e contar. E eles têm uma memória fabulosa. Se a senhorita ler para eles uma enciclopédia inteira de vinte volumes, vão lhe repetir tudo na ordem. Nunca elaboram nada novo. Poderiam estudar com bastante sucesso em universidades. Então, são separados e saem para entrega. Quinze mil unidades por dia, sem contar a porcentagem constante de avariados que são jogados na trituradora... etc.

HELENA O senhor está zangado comigo?

DOMIN — Deus me livre! Acho apenas que... que podíamos falar sobre outras coisas. Somos apenas um punhado de homens entre centenas de milhares de robôs e nenhuma mulher. Só falamos sobre a fábrica, todo dia, o dia todo... Parece uma maldição, senhorita Glory.

HELENA — Sinto muito por ter falado que... que... que o senhor estava mentindo...

(*Batidas na porta*)

DOMIN — Entrem, rapazes.

(*Pela parte esquerda entram o engenheiro Fabry, o dr. Gall, o dr. Hallemeier e o construtor Alquist*)

DR. GALL — Desculpe, estamos incomodando?

DOMIN — Venham aqui. Senhorita Glory, estes são Alquist, Fabry, Gall, Hallemeier. Rapazes, esta é a filha do presidente Glory.

HELENA (*Envergonhada*) Bom dia.

FABRY Não tínhamos ideia...

DR. GALL É uma honra sem tamanho...

ALQUIST Seja bem-vinda, senhorita Glory.

(*Busman entra correndo pela direita*)

BUSMAN Olá, o que vocês têm aí?

DOMIN Aqui, Busman. Este é Busman, senhorita. Busman, a filha do presidente Glory.

HELENA Muito prazer.

BUSMAN Meu Deus, mas que maravilha! Senhorita Glory, podemos telegrafar aos jornais sobre seu desejo de vir nos visitar?

HELENA Não, não, por favor!

DOMIN Por favor, senhorita, sente-se.

(*Fabry, Busman e o dr. Gall puxam poltronas*)

FABRY Com licença...

BUSMAN Queira...

DR. GALL Por favor...

ALQUIST Senhorita Glory, como foi a viagem?

DR. GALL Vai ficar por aqui mais tempo?

FABRY O que achou da fábrica, senhorita Glory?

HALLEMEIER A senhorita veio no Amélia?

DOMIN Silêncio, deixem a senhorita Glory falar.

HELENA (*Para Domin*) Sobre o que devo falar com eles?

DOMIN (*Admirado*) Sobre o que quiser.

HELENA Devo... Posso falar com bastante franqueza?

DOMIN Mas é claro.

HELENA (*Hesita e então se decide, com inquietação*) Digam, nunca acharam dolorosa a forma como vocês são tratados?

FABRY Desculpe, mas tratados por quem?

HELENA Por todas as pessoas.

(*Eles olham, surpresos, uns para os outros*)

ALQUIST Nós?

DR. GALL Por que acha isso?

HALLEMEIER Quer nos ofender!

BUSMAN Deus nos livre, senhorita Glory!

HELENA Vocês não sentem que poderiam ter uma existência melhor?

DR. GALL Depende, senhorita. O que quer dizer?

HELENA Quero dizer...

(*Exaspera-se*) Isso é horrendo! É terrível!

(*Levanta-se*) A Europa toda está falando do que acontece aqui com vocês! Por isso eu vim, para ver de perto, e é mil vezes pior do que se imagina! Como vocês conseguem suportar?

ALQUIST Suportar o quê?

HELENA A situação de vocês. Por Deus, vocês são pessoas como nós, como em toda a Europa, como no mundo inteiro! É um escândalo, uma injustiça o jeito como vocês vivem!

BUSMAN Não diga isso, senhorita!

FABRY Não, rapazes, até que ela tem razão. Realmente, vivemos aqui como selvagens.

HELENA Pior do que selvagens! Posso, hã, posso chamá-los de irmãos?

BUSMAN Mas é claro, por que não?

HELENA Irmãos, eu não vim aqui como filha do presidente, mas em nome da Liga da Humanidade. Irmãos, a Liga da Humanidade já tem mais de duzentos mil membros. Duzentas mil pessoas apoiam vocês e lhes oferecem ajuda.

BUSMAN Minha nossa, duzentas mil pessoas! Já é razoável, bastante agradável.

FABRY Estou sempre lhes dizendo, a velha Europa não morreu. Vejam, ela não nos esqueceu. Está nos oferecendo ajuda.

DR. GALL Que tipo de ajuda? Um grupo teatral?

HALLEMEIER Uma orquestra?

HELENA Mais do que isso.

ALQUIST A senhorita mesma?

HELENA Ora, se depender de mim... ficarei enquanto for preciso.

BUSMAN Puxa vida, mas que alegria!

ALQUIST Domin, vou arranjar para a moça o melhor quarto.

DOMIN Espere um pouco, Alquist. Receio que... que a senhorita Glory ainda não tenha terminado de falar.

HELENA Não, não terminei. A não ser que esteja tentando me fazer fechar a boca à força.

DR. GALL Harry, como ousa!

HELENA Obrigada. Sabia que vocês iam me proteger.

DOMIN Desculpe, senhorita Glory. Tem certeza de que está falando com robôs?

HELENA (*Com surpresa*) E com quem mais estaria?

DOMIN Sinto muito. Estes senhores são tão humanos quanto a senhorita. Como toda a Europa.

HELENA (*Aos demais*) Vocês não são robôs?

BUSMAN (*Gracejando*) Deus nos livre!

HALLEMEIER Credo, robôs!

DR. GALL (*Rindo*) Muito obrigado por isso!

HELENA Mas... não pode ser!

FABRY Para a minha alegria, senhorita, não somos robôs.

HELENA (*Para Domin*) Então por que você me disse que todos os seus funcionários são robôs?

DOMIN Os funcionários, sim. Mas os diretores, não. Permita-me, senhorita Glory: engenheiro Fabry, diretor técnico geral da Robôs Universais de Rossum. Doutor Gall, chefe da Seção de Fisiologia e

Pesquisa. Doutor Hallemeier, chefe do Instituto de Psicologia e Educação dos Robôs. Cônsul Busman, diretor comercial geral. E o construtor Alquist, mestre de obras da R.U.R.

HELENA Perdoem-me, senhores, por, por... Que coisa *horrível*, o que foi que eu fiz?

ALQUIST Deixe disso, senhorita Glory. Sente-se, por favor.

HELENA (*Senta-se*) Que garota idiota eu sou. Agora... agora vocês vão me mandar no primeiro navio de volta.

DR. GALL Por nada no mundo, senhorita. Por que a mandaríamos embora?

HELENA Porque já sabem... porque... porque eu ia rebelar seus robôs.

DOMIN Cara senhorita Glory, aqui já estiveram centenas de salvadores e profetas. Cada navio traz uma porção deles. Missionários, anarquistas, o Exército da Salvação, tudo o que imaginar. É impressionante como há seitas e fanáticos no mundo.

HELENA E vocês os deixam falar com os robôs?

DOMIN Por que não? Até agora deixamos todos. Os robôs se lembram de tudo, mas é só isso. Eles nem sequer riem do que os humanos falam. Realmente, é difícil de acreditar. Se isso a diverte, cara senhorita, posso levá-la ao depósito de robôs. Ali há uns trezentos mil deles.

BUSMAN São 347 mil.

DOMIN Perfeito. A senhorita pode falar com eles sobre o que quiser. Pode ler a Bíblia, ditar logaritmos, o que mais lhe agradar. Pode até mesmo pregar sobre direitos humanos.

HELENA Bem, quem sabe... se eles recebessem um pouco de amor...

FABRY Impossível, senhorita Glory. Não há nada mais distinto do homem do que um robô.

HELENA Então para que vocês os fabricam?

BUSMAN Hahaha, essa é boa! Para que se fabricam robôs?

FABRY Para trabalhar, senhorita. Cada robô substitui dois operários e meio. A máquina humana, senhorita Glory, era absolutamente imperfeita. De repente poderia se tornar inutilizável para sempre.

BUSMAN Custava caro demais.

FABRY Era pouco eficaz. O aspecto técnico não era mais suficiente. E além disso... além disso... é um grande progresso que... desculpe-me.

HELENA O que foi?

FABRY Peço-lhe perdão. É um grande progresso a procriação das máquinas. É mais rápido e confortável. Toda aceleração é um progresso, senhorita. A natureza era alheia ao ritmo do trabalho moderno. Do ponto de vista técnico, o trajeto da infância não faz sentido algum. É mera perda de tempo. Uma perda de tempo insustentável, senhorita Glory. E tem mais...

HELENA Não, chega!

FABRY Tudo bem. Perdoe-me, mas o que de fato pretende essa sua Liga... Liga da Humanidade?

HELENA Deve sobretudo... bem, proteger os robôs e... e lhes garantir... um bom tratamento.

FABRY Não é um objetivo ruim. Máquinas devem ser bem tratadas. De coração, tomo suas dores. Não gosto de estragar as coisas. Peço-lhe o favor, senhorita Glory, de inscrever-nos todos como membros contribuintes, regulares, fundadores dessa sua liga!

HELENA Não, vocês não me entenderam. Nós queremos... o que realmente queremos... é libertar os robôs!

HALLEMEIER Vocês querem o quê?

HELENA Nós devemos tratá-los... tratá-los... como humanos.

HALLEMEIER Aham. Deveriam talvez votar? Ou também receber salário?

HELENA Mas é claro que devem!

HALLEMEIER Tudo bem, então me diga, o que eles fariam com o dinheiro?

HELENA Comprariam... o que precisassem... o que lhes agradasse.

HALLEMEIER Isso é muito lindo, senhorita; contudo, os robôs não gostam de nada. O que raios eles têm que comprar? Pode lhes servir abacaxi, feno, o que quiser; para eles tanto faz, não têm apetite algum. Não se interessam por nada, senhorita Glory. Diabos, ninguém jamais viu um robô sorrindo.

HELENA Por que... por que... por que vocês não os fabricam mais felizes?

HALLEMEIER — Não é possível, senhorita Glory. São apenas robôs. Sem vontade própria. Sem paixões. Sem história. Sem alma.

HELENA — Sem amor e sem coragem?

HALLEMEIER — Obviamente. Os robôs não gostam de nada, nem de si mesmos. Coragem? Não sei; só raramente, só de vez em quando...

HELENA — O quê?

HALLEMEIER — Nada, na verdade. Às vezes, parece que ficam loucos. Algo como uma epilepsia, sabe? Chamamos isso de convulsão dos robôs. Subitamente, um deles bate com tudo o que tem às mãos, paralisa-se, range os dentes... e deve ser levado à trituradora. Uma evidente pane no organismo.

DOMIN — Defeito de fabricação.

HELENA — Não, não, isso é a alma!

FABRY — Acha que a alma começa com um ranger de dentes?

DOMIN Isso é dispensável, senhorita Glory. O doutor Gall acabou de fazer alguns experimentos.

DR. GALL Não com isso, Domin. Agora estou fazendo nervos para dor.

HELENA Nervos para dor?

DR. GALL Isso mesmo. Os robôs quase não sentem dor física. Sabe, o finado Rossum jovem restringiu demais o sistema nervoso. Isso se mostrou prejudicial. Precisamos adicionar sofrimento.

HELENA Por que... por que... vocês não lhes dão uma alma? Por que querem lhes dar dor?

DR. GALL Por razões industriais, senhorita Glory. Às vezes, um robô estraga a si mesmo porque não sente dor; coloca a mão na máquina, corta o dedo, quebra a cabeça... para ele tanto faz. Devemos lhes dar dor; é uma prevenção automática contra acidentes.

HELENA Eles serão mais felizes se sentirem dor?

DR. GALL Pelo contrário. Mas serão tecnicamente mais perfeitos.

HELENA Por que vocês não criam almas para eles?

DR. GALL Porque está fora do nosso alcance.

FABRY Não temos interesse nisso.

BUSMAN Encareceria a produção. Por Deus, bela senhorita, fabricamos por um preço tão barato! São 120 dólares por peça vestida, que há quinze anos custava dez mil! Cinco anos atrás comprávamos as roupas deles; hoje temos as próprias tecelagens e ainda exportamos tecidos cinco vezes mais baratos do que os de outras fábricas. Desculpe-me, senhorita Glory, mas quanto lhe custa o metro de linho?

HELENA Não sei... realmente não sei... eu me esqueci.

BUSMAN — Pelos deuses, e ainda quer fundar a Liga da Humanidade! Já custa apenas o terço, senhorita; hoje todos os preços caíram em dois terços, e ainda cairão mais, mais, mais, até... desta forma. E então?

HELENA — Não entendi o que isso significa.

BUSMAN — Cara senhorita, isso significa que o preço do trabalho caiu! E mesmo com alimentação um robô custa por hora três quartos de centavo! Isto lhe soa engraçado: qualquer fábrica quebra como galho seco se não compra robôs para baratear a produção.

HELENA — É, e joga os operários na rua.

BUSMAN — Hahaha, é evidente! Mas nós, docinho divino, nós lançamos, enquanto isso, quinhentos mil robôs tropicais nos pampas argentinos para cultivarem trigo. Diga-me, por gentileza, quanto custa o quilo do pão no seu país?

HELENA — Não tenho ideia.

BUSMAN — Então veja: está custando agora dois centavos na sua boa e velha Europa; mas isso para nós é um canapé, entende? Dois centavos o quilo do pão, e a Liga da Humanidade nem faz ideia disso! Hahaha, a senhorita Glory não sabe o que é uma fatia cara demais. Por causa da cultura, e por aí vai. Mas daqui a cinco anos, pois bem, faça sua aposta!

HELENA — Em quê?

BUSMAN — Que daqui a cinco anos o preço de tudo não será nem um décimo do de hoje em dia. Pessoal, em cinco anos vamos nos afogar em trigo e em tudo o que for possível.

ALQUIST — É verdade, e todos os operários do mundo ficarão sem emprego.

DOMIN — (*Levanta-se*) Ficarão, Alquist. Ficarão, senhorita Glory. Mas daqui a dez anos a Robôs Universais de Rossum terá acumulado tanto trigo, tanto tecido, tanto de tudo que diremos: as coisas não têm mais preço. Agora pegue tudo de que precisar. Não existe miséria. Sim, ficarão sem trabalho. Mas então já não haverá absolutamente qualquer trabalho. As máquinas vivas farão de tudo. O homem só se ocupará com aquilo de que gostar. Assim, viverá apenas para se aperfeiçoar.

HELENA (*Levanta-se*) Será tudo assim?

DOMIN Será. Não pode ser de outra forma. Talvez antes ocorram coisas terríveis, senhorita Glory. Isso é simplesmente impossível de evitar. Depois a exploração do homem pelo homem e a escravidão do homem pela matéria cessarão. Ninguém mais pagará pelo pão com a vida ou com ódio. Ninguém mais será operário, ninguém mais será escrevente; nem precisará extrair carvão ou operar máquinas para outros. Ninguém mais sacrificará a alma no tão amaldiçoado trabalho!

ALQUIST Domin, Domin! O que você está dizendo parece muito com o Paraíso. Havia algo de nobre em servir, e algo de grandioso em humilhar-se. Ah, Harry, acho que havia algo de virtude no trabalho e no cansaço.

DOMIN Talvez. Mas não devemos contar com aquilo que irá se perder quando recriarmos o mundo de Adão. Adão, Adão! Já não comerás o teu pão com o suor do teu rosto; já não conhecerás a fome e a sede, o cansaço e a humilhação; voltarás ao Paraíso, onde a mão do Senhor te alimentava. Serás livre e soberano; não terás outra tarefa, outro trabalho, outra preocupação senão aperfeiçoar a ti mesmo. Serás o senhor da criação.

HELENA Os senhores me confundem. Sou uma garota boba. Eu queria... queria acreditar nisso.

DR. GALL Sendo mais jovem do que nós, senhorita Glory, vai assistir a tudo isso.

HALLEMEIER Exatamente. A senhorita poderia fazer o desjejum conosco.

DR. GALL	Obviamente! Domin, convide-a por todos nós.
DOMIN	Senhorita Glory, nos conceda esta honra.
HELENA	Mas ora... como eu poderia?
FABRY	Pela Liga da Humanidade, senhorita.
BUSMAN	E em respeito a ela.
HELENA	Ah, nesse caso... talvez...
FABRY	Que ótimo! Senhorita Glory, aguarde cinco minutos.
DR. GALL	Com licença.
BUSMAN	Minha nossa, preciso mandar uma mensagem...
HALLEMEIER	Raios, e eu tinha me esquecido...
	(*Todos correm para fora, exceto Domin*)

HELENA Por que todos estão saindo?

DOMIN Para esquentar o café, senhorita Glory.

HELENA Como assim?

DOMIN Os robôs é que estão preparando o desjejum, senhorita Glory, e... e... dado que eles não têm nenhum gosto, isso não basta... Hallemeier, por exemplo, faz ótimos assados. Gall sabe fazer aquele molho... E Busman é craque no omelete...

HELENA Por Deus, isso é um banquete! E o que faz o senhor... construtor?

DOMIN Alquist? Nada. Apenas arruma a mesa e... e Fabry arranja algumas frutas. Uma culinária muito modesta, senhorita Glory.

HELENA Eu queria lhe fazer uma pergunta...

DOMIN Eu também queria lhe perguntar uma coisa.

(*Ele põe seu relógio de pulso em cima da mesa*)

Vou contar cinco minutos.

HELENA Perguntar o quê?

DOMIN Desculpe, a senhorita perguntou primeiro.

HELENA Acho que é besteira da minha parte, mas... por que vocês fabricam mulheres robôs, já que... já que...

DOMIN ... já que, bem... já que para os robôs o sexo não faz sentido?

HELENA Isso.

DOMIN É uma questão um pouco óbvia, sabe? Empregadas, balconistas, secretárias... As pessoas se acostumaram a elas.

HELENA E... e diga, os robôs... e "as" robôs... são totalmente... entre si...

DOMIN Totalmente indiferentes, cara senhorita. Não há o menor indicativo de atração.

HELENA Oh, isso é... *horrível*!

DOMIN Por quê?

HELENA Isso é... isso é... tão antinatural! O homem nem sabe se por isso deve odiá-los ou... invejá-los... ou talvez...

DOMIN ... lamentar.

HELENA Provavelmente... Não, pare! O que o senhor queria perguntar?

DOMIN Eu gostaria de perguntar, senhorita Glory, se não deseja se casar.

HELENA Com quem?

DOMIN Com... comigo.

HELENA Não! De onde tirou essa ideia?

DOMIN (*Olha para o relógio de pulso*) Mais três minutos. Se não se casar comigo, deverá se casar com algum dos outros cinco.

HELENA Deus me livre! E por que me casaria com um deles?

DOMIN Porque todos sucessivamente lhe pediriam.

HELENA Como eles poderiam ousar?

DOMIN Lamento muito, senhorita Glory. Parece que todos se apaixonaram por você.

HELENA Por favor, não faça isso! Eu... vou embora agora mesmo.

DOMIN Helena, por acaso lhes daria o desgosto de rejeitá-los?

HELENA Mas ora... Nunca vou poder casar com todos os seis!

DOMIN Não, mas pelo menos com um. Se não me quer, escolha Fabry.

HELENA Não quero.

DOMIN O dr. Gall?

HELENA Não, não, cale-se! Não quero ninguém!

DOMIN Mais dois minutos.

HELENA Isso é *horrível*! Case-se com algum dos robôs.

DOMIN Um robô não é uma mulher.

HELENA Oh, só isso que falta ao senhor! Acho que... que se casaria com todas que chegassem aqui!

DOMIN Muitas já vieram até aqui, Helena.

HELENA Jovens?

DOMIN Jovens.

HELENA E por que o senhor não escolheu nenhuma?

DOMIN Porque eu nunca perdi a cabeça – pelo menos não até hoje. Até a senhorita tirar o véu.

HELENA ... Eu sei.

DOMIN Mais um minuto.

HELENA Mas eu não quero, meu Deus!

DOMIN (*Coloca as duas mãos nos ombros dela*) Mais um minuto. Ou me diz na cara algo terrivelmente ruim, e então eu a deixo em paz, ou... ou...

HELENA O senhor é um bruto!

DOMIN Isso não é nada. Um marido deve ser um pouco bruto. Faz parte da coisa toda.

HELENA O senhor é um louco!

DOMIN Um homem deve ser um pouco louco, Helena. Isso é o que há de melhor nele.

HELENA O senhor... o senhor é... Ah, meu Deus!

DOMIN Como vê... Pronto?

HELENA Não, não! Por favor, me solte! O senhor vai me machucar!

DOMIN Última chance, Helena.

HELENA (*Esquivando-se*) Por nada no mundo! Ora, Harry!

(*Batem na porta. Busman, o dr. Gall e Hallemeier entram com aventais de cozinha. Fabry segura um buquê, e Alquist tem um guardanapo sob o braço.*)

DOMIN Tudo pronto na cozinha?

BUSMAN (*Solenemente*) Sim.

DOMIN Aqui também.

CORTINAS

PRIMEIRO ATO

(Sala de estar de Helena. À esquerda, há uma porta coberta por papel de parede que dá na sala de música e, à direita, uma porta que dá no quarto de Helena. No meio ficam as janelas, que dão para o mar e o porto. Um toucador com bugigangas, uma mesa, um sofá e poltronas, uma cômoda, uma escrivaninha com uma luminária de chão; à direita, também uma lareira com luminárias de chão. Desde as pequenas coisas, toda a sala tem um caráter moderno e puramente feminino.)

(Domin, Fabry e Hallemeier entram pela esquerda na ponta dos pés, os braços carregados de buquês e vasos de flores)

FABRY Onde colocamos tudo isso?

HALLEMEIER	Ufa! (*Desfaz-se de sua carga e abençoa a porta à direita com um grande sinal da cruz*)
	Durma, durma! Quem dorme não sabe absolutamente de nada.
DOMIN	Ela não sabe nada de nada.
FABRY	(*Colocando as flores nos vasos*) Se ao menos hoje o silêncio não arrebentar...
HALLEMEIER	(*Arrumando as flores*) Diabos, nem falem disso! Olhe, Harry, este é um belo ciclâmen, não? Uma nova espécie, a minha última... *Cyclamen helenae.*
DOMIN	(*Olhando da janela*) Nenhum barco, nenhum barco... Rapazes, já estou ficando agoniado.
HALLEMEIER	Quieto! Ela vai ouvir você!
DOMIN	Ela nem tem ideia.
	(*Bocejando febrilmente*) Felizmente o *Ultimus* atracou a tempo.

FABRY (*Largando uma flor*) Acha que ainda hoje?...

DOMIN Não sei... Que bonitas estão as flores!

HALLEMEIER (*Aproximando-se dele*) Sabe, são prímulas novas. E este é meu novo jasmim. Raios, estou entrando num paraíso de flores. Achei um ótimo meio de acelerar seu crescimento! Esplêndidas variedades! Ano que vem vou fazer milagres com as flores!

DOMIN (*Dá meia-volta*) Como assim "ano que vem"?

FABRY Se ao menos soubéssemos o que se passa no Havre...

DOMIN Quietos!

HELENA (*Voz de Helena vindo da direita*) Naná!

DOMIN Todos para fora!

(*Todos saem na ponta dos pés pela porta coberta por papel de parede*)

(*Naná entra pela porta principal à esquerda*)

NANÁ (*Fazendo a limpeza*) Bando de pecadores! Deus, não me pune não, mas que eu possa punir todos eles...

HELENA (*Olhando para trás, na porta*) Naná, venha abotoar aqui!

NANÁ Já vou, já vou.

(*Abotoando o vestido de Helena*) Deus do céu, mas que selvagens!

HELENA Os robôs?

NANÁ Ave, nem quero dizer o nome.

HELENA O que aconteceu?

NANÁ Aquela coisa atacou de novo um dos nossos. Começou a bater nas estátuas e nos quadros, a ranger os dentes, espumar... Uma doideira só. Pior que um animal selvagem.

HELENA Quem foi acometido?

NANÁ Aquele... aquele... ih, esse aí nem nome de batismo tem! O da biblioteca.

HELENA Radius?

NANÁ Esse daí mesmo. Jesus, Maria e José, eu tenho horror desse negócio. Nem aranha me deixa mais horrorizada que esse bando de pecador aí.

HELENA Mas, Naná, você não tem nenhuma pena deles?

NANÁ Só que a senhora também não suporta. Por que me trouxe pra cá então? Por que nenhum deles nem relar na senhora pode?

HELENA Juro por Deus, Naná, não é horror. Tenho tanta pena deles!

NANÁ A senhora tem horror. Todo mundo tem que ter horror deles. Até cachorro tem horror, nem pega os nacos de carne que eles dão; recolhe o rabo e fica uivando, então ele sente esses troços, sim!

HELENA Cães não raciocinam.

NANÁ Cachorro é melhor que essas coisas, dona Helena. Ele sabe que é algo mais, que é uma criatura de Deus. Até o cavalo desespera quando dá de cara com um deles. E nem cria esses troços dá, e até cachorro dá cria, todo mundo dá cria...

HELENA Por favor, Naná, abotoe!

NANÁ Agorinha. Pois eu digo que isso é contra a lei de Deus, é armação do capeta fazer essas máquinas com máscara. É blasfêmia contra o Criador (*ergue as mãos*), uma ofensa ao Senhor, que fez a gente à imagem dele, dona Helena. E vocês profanaram a imagem de Deus. Por isso vai vir um castigo horrível do céu pra vocês, pode apostar, um castigo horrível!

HELENA Que cheiro bom é esse?

NANÁ Umas florzinhas. O patrão colocou elas aí.

HELENA Ah, são adoráveis! Naná, dê só uma olhada! Que dia é hoje?

NANÁ Sei não. Mas é como se tivesse chegado o fim do mundo.

(*Batidas na porta*)

HELENA Harry?

(*Domin entra*)

HELENA Harry, que dia é hoje?

DOMIN Adivinhe!

HELENA É dia do meu santo? Não... Aniversário?

DOMIN Melhor ainda.

HELENA Não sei... Diga logo!

DOMIN Hoje faz dez anos que você chegou aqui.

HELENA Dez anos, já? Exatamente hoje?... Naná, por gentileza...

NANÁ Já tô saindo! (*Sai pela direita*)

HELENA (*Beija Domin*) Mas você se lembrou!

DOMIN Estou sem jeito, Helena. Não me lembrei.

HELENA Mas então...

DOMIN Eles é que se lembraram.

HELENA Quem?

DOMIN Busman, Hallemeier, todos. Dê uma olhada no meu bolso.

HELENA (*Mexe no bolso dele*)

O que é isso? (*Tira uma caixinha e abre*)

Pérolas! Um colar de pérolas! Harry, é para mim?

DOMIN Presente de Busman.

HELENA Mas... não devemos aceitar, devemos?

DOMIN Devemos. Veja no outro bolso.

HELENA Deixe-me ver!

(*Puxa um revólver do bolso dele*) O que é isto?

DOMIN Ah, desculpe. (*Tira o revólver da mão dela e o esconde*)

Não é nada. Ponha de volta.

HELENA Ah, Harry... Por que está levando um revólver com você?

DOMIN Nada, estava aqui por acaso.

HELENA Você nunca foi de carregar isso!

DOMIN — Tem razão, nunca. Agora no outro bolso, aqui.

HELENA — (*Pegando*) Outra caixinha!

(*Ela abre*) Um camafeu! Mas isso é... Harry, isso é um camafeu grego!

DOMIN — Isso mesmo. Pelo menos é o que Fabry garante.

HELENA — Fabry? É ele quem está me dando isso?

DOMIN — Mas é claro. (*Abre a porta à esquerda*)

E veja só! Helena, venha olhar!

HELENA — (*Na porta*) Meu Deus, mas que lindo!

(*Correndo para a frente*) Vou morrer de alegria! Esse presente é seu?

DOMIN — (*De pé na porta*) Não, de Alquist. E aquele ali...

HELENA — É de Gall!

(*Ela aparece na porta*) Ah, Harry, estou quase envergonhada de tanta felicidade.

DOMIN Venha aqui. Este foi Hallemeier quem lhe trouxe.

HELENA Essas lindas flores?

DOMIN Isso mesmo. É uma nova espécie, *Cyclamen helenae*. Eu a cultivei em sua homenagem. É linda como você.

HELENA Harry, por que... por que todos...

DOMIN ... porque gostam muito de você. E eu te, hã... Temo que meu presente seja modesto... Olhe pela janela.

HELENA Para onde?

DOMIN Para o porto.

HELENA Ali tem... é um... navio novo!

DOMIN É o seu navio.

HELENA Meu? Harry, é uma embarcação de guerra!

DOMIN Embarcação de guerra? De onde você tirou isso? É apenas um pouco maior, um navio resistente, entende?

HELENA Entendo, mas com canhões!

DOMIN Claro, com alguns canhões... Você vai navegar como uma rainha, Helena.

HELENA O que quer dizer? Aconteceu alguma coisa?

DOMIN Deus me livre! Por favor, experimente as pérolas!

(*Ele se senta*)

HELENA Harry, chegou alguma notícia ruim?

DOMIN Pelo contrário. Já faz uma semana que não chega nenhuma correspondência.

HELENA Nem telegramas?

DOMIN Nem telegramas.

HELENA O que isso significa?

DOMIN Nada. Para nós são férias. Horas magníficas. Nós nos sentamos no escritório, pés em cima da mesa, tirando uma soneca... Nada de cartas nem telegramas...

(*Espreguiçando-se*) Que dia maravilhoooso!

HELENA (*Sentando-se perto dele*) Hoje você vai ficar comigo, não vai? Diga que sim.

DOMIN Certamente ficarei. É possível. Quer dizer, veremos.

(*Pega-a pela mão*) E já faz hoje dez anos, lembra-se?... Senhorita Glory, que honra foi para nós sua chegada.

HELENA Ah, senhor diretor-geral, achei sua fábrica tão interessante!

DOMIN Perdão, senhorita Glory, mas é estritamente proibido... a fabricação de humanos artificiais é secreta...

HELENA Mas e se for o pedido de uma jovem garota, um tanto bonita...

DOMIN Certamente, da senhorita Glory não escondemos nenhum segredo.

HELENA (*Subitamente séria*) Não mesmo, Harry?

DOMIN Não.

HELENA (*No mesmo tom de antes*) Devo lhe avisar que esta jovem aqui tem intenções *horríveis*.

DOMIN Por Deus, senhorita Glory, isso não importa! Será que ela não gostaria de se casar logo?

HELENA Não, não, que Deus a livre disso! Ela não cogitaria isso nem em sonho! Ela veio aqui foi com o plano de incitar uma revolta entre os seus desprezíveis robôs!

DOMIN (*Dá um salto*) Uma revolta dos robôs!

HELENA (*Levanta-se*) Harry, o que há com você?

DOMIN Hahaha, conseguiu, senhorita Glory! Uma revolta dos robôs! Seria mais fácil começar uma revolução entre os pregos e as bobinas numa máquina de fiação do que entre os robôs!

(*Senta-se*) Sabe, Helena, você era uma moça magnífica; deixou todos nós loucos.

HELENA (*Sentando-se perto dele*) Ah, naquela época vocês todos me impressionaram tanto! Eu parecia uma garotinha que havia se perdido no meio... no meio...

DOMIN No meio do quê, Helena?

HELENA No meio de árvores enormes. Vocês eram tão seguros de si, tão poderosos! E veja, Harry, nesses dez anos nunca fui atravessada por essa... essa ansiedade ou algo do tipo, e vocês nunca questionaram... nem quando tudo dava errado.

DOMIN O que dava errado?

HELENA Seus planos, Harry. Por exemplo, quando os operários se revoltaram contra os robôs e os destruíram, e quando os humanos deram armas aos robôs para que sufocassem essa rebelião, e os robôs por fim mataram tanta gente... E também quando os governos criaram exércitos de robôs e houve tantas guerras, e tudo aquilo, sabe?

DOMIN (*Levanta-se e dá uns passos*) Nós já prevíamos tudo isso, Helena. Entenda, essa é a transição... para novas situações.

HELENA Vocês tinham o mundo inteiro se curvando aos seus pés...

(*Levanta-se*) Ah, Harry!...

DOMIN O que foi?

HELENA (*Ela o detém*) Feche a fábrica e vamos embora daqui! Todos nós!

DOMIN Desculpe, mas o que isso tem a ver?

HELENA Não sei. Diga, nós vamos embora? Algo aqui está me deixando apavorada!

DOMIN (*Pega nas mãos dela*) O quê, Helena?

HELENA Eu não sei! É como se algo ocorresse conosco e com tudo... de forma inevitável... Por favor, faça o que lhe peço! Tire-nos todos daqui! Vamos encontrar um lugar no mundo em que não haja vivalma, e Alquist possa construir uma casa, e todos arranjem esposas e tenham filhos, e daí...

DOMIN Daí o quê?

HELENA Daí vamos recomeçar a vida do zero, Harry.

(*O telefone toca*)

DOMIN (*Precipita-se*) Perdão, Helena.

(*Ele atende*) "Alô? Sim... O quê?... Aham. Já estou indo."

(*Desliga o telefone*) Fabry está me chamando.

HELENA (*Juntando as mãos*) Diga...

DOMIN "Sim, já estou indo." Vejo você mais tarde, Helena.

(*Sai correndo pela esquerda*) Não vá lá fora!

HELENA (*Para si mesma*) "Ah, meu Deus, o que está acontecendo?" Naná! Naná, rápido!

NANÁ (*Entra pela direita*) O que foi agora?

HELENA Naná, encontre o jornal mais recente! Rápido! No quarto do patrão!

NANÁ É pra já. (*Sai pela esquerda*)

HELENA Por Deus, o que está acontecendo? Ele não me diz nada!

(*Olha para o porto com binóculos*) É um navio de guerra! Meu Deus, por que de guerra? Estão embarcando alguma coisa nele... e com tamanha pressa! O que ocorreu? Está escrito nele... *Ultimus*. O que é esse *Ultimus*?

NANÁ (*Voltando com o jornal*) Ele deixa o jornal jogado no chão, desse jeito vai acabar estragando as folhas todas.

HELENA (*Folheia rapidamente o jornal*) Jornal velho, de uma semana atrás! Nada aqui!

(*Joga o jornal*)

(*Naná recolhe o jornal, tira do bolso do avental seus óculos com armação, senta-se e lê*)

HELENA Está acontecendo alguma coisa, Naná! Estou tão angustiada! Como se tudo tivesse morrido, até o ar...

NANÁ (*Silabando*)

"Guer... ra... nos... Ba... u... Bál... cãs." Ah, Jesus, de novo um castigo de Deus! Mas essa guerra vai chegar aqui também! Esse lugar fica longe?

HELENA Fica longe, sim. Ah, não leia isso! É sempre a mesma coisa, sempre essas guerras...

NANÁ E como que não ia ter? Vocês não ficam só vendendo esse mundaréu de pecador pra ser soldado?... Ah, Jesus Cristo, é o apocalipse!

HELENA Não, não leia! Não quero saber nada!

NANÁ (*Silabando*) "Os... ro-bôs... sol-da--dos... não... pou-pam... nin-guém... nas... re-gi-ões... to-ma-das... Ex-ter... exterminaram... mais de... se-te-cen--tos mil... ci... ci... civis..." É gente, Helena!

HELENA Não pode ser! Deixe-me ver...

(*Inclina-se sobre o jornal e lê*) "Exterminaram mais de setecentos mil civis por ordem expressa do comandante. Tal ação contraria..." Está vendo, Naná? Foram humanos que lhes deram essas ordens!

NANÁ Aqui tem um negócio com letra mais gordinha. "Úl-ti-mas... no-tí-cias... No... Ha-vre... foi... cri-a-da... a... pri-mei-ra... or... or-ga-ni-za-ção de robôs." Não é nada. Não consigo entender isso. E aqui, meu Deus, tem matança de novo! Ah, meu Jesus Cristo!

HELENA Naná, leve embora esse jornal!

NANÁ Peraí, aqui tem um negócio maior. "Po-pu-la-ção." Que que é isso?

HELENA Dê aqui, sempre leio essa parte. (*Pega o jornal*)

Não, imagine só!

(*Lendo*) "Durante a última semana não foi registrado um nascimento sequer."

(*Larga o jornal*)

NANÁ Que que isso quer dizer?

HELENA Naná, as pessoas estão deixando de nascer.

NANÁ (*Tirando os óculos*) Então esse é o fim mesmo! Tudo acabado!

HELENA Por favor, não fale assim!

NANÁ As pessoas já não estão nascendo. É castigo, é castigo! O Senhor fez as mulheres ficarem inférteis.

HELENA (*Dá um salto*) Naná!

NANÁ (*Levantando-se*) É o fim do mundo. Com a soberba do tinhoso, vocês ousaram imitar a criação de Deus. É pecado e blasfêmia querer ser que nem Ele, e Ele vai expulsar o homem do mundo inteiro, que nem quando Ele expulsou do Paraíso!

HELENA Quieta, Naná, *por favor*! Fiz alguma coisa contra você? Fiz alguma coisa contra esse seu maldito Senhor Deus?

NANÁ (*Gesticulando energicamente*) Não blasfeme, não! Ele sabe bem por que que não deu filho pra senhora!

(*Sai pela esquerda*)

HELENA (*Junto à janela*) "Por que não me deu... Meu Deus, que culpa eu tenho disso?"

(*Abre a janela e chama Alquist*) Ei, Alquist! Venha aqui para cima!... Como é?... Não, venha exatamente assim como está! Está tão bonito com essa roupa de pedreiro... Rápido! (*Fecha a janela e para diante do espelho*)

"Por que não me deu um... Por que não me..."

(*Inclina-se para o espelho*)

"Por quê, por que não? Está ouvindo?! Então você é que tem culpa disso?"

(*Erguendo-se*)

"Ah, como estou angustiada!"

(*Sai pela esquerda ao encontro de Alquist*)

(*Pausa*)

HELENA (*Volta com Alquist. Como pedreiro, ele está sujo de cal e pó de tijolo*)

Venha, venha. Vocês me deram tanta alegria, Alquist! Eu gosto tanto de vocês! Mostre suas mãos!

ALQUIST (*Escondendo as mãos*) Senhora Helena, eu a sujaria, estava trabalhando.

HELENA Isso é o que há de melhor nas suas mãos. Dê aqui!

(*Apertando as duas mãos dele*) Alquist, eu gostaria de ser pequenininha.

ALQUIST Por quê?

HELENA Para que estas rudes e sujas mãos afagassem meu rosto. Sente-se, por favor. Alquist, o que significa "*Ultimus*"?

ALQUIST Significa "último". Por quê?

HELENA É que meu novo navio tem esse nome. Você já o viu? Acha que em breve... faremos uma viagem?

ALQUIST Talvez muito em breve.

HELENA Vocês todos comigo?

ALQUIST Eu ficaria feliz se todos... todos fôssemos juntos.

HELENA Ah, então me diga, está acontecendo alguma coisa?

ALQUIST Absolutamente nada. O mesmo progresso de sempre.

HELENA Alquist, eu sei que está ocorrendo algo *horrível*. Estou tão angustiada... Construtor! O que você faz quando fica angustiado?

ALQUIST Viro pedreiro. Tiro o meu casaco de mestre de obras e subo nos andaimes...

HELENA Já faz anos que você não está em outro lugar senão nos andaimes.

ALQUIST Porque já faz anos que não deixo de estar angustiado.

HELENA Com o quê?

ALQUIST Com todo esse progresso. Ele me dá vertigem.

HELENA E os andaimes não lhe dão vertigem?

ALQUIST Não. A senhora não sabe como faz bem às palmas das mãos carregar tijolo, assentar e cimentá-lo.

HELENA Apenas às palmas das mãos?

ALQUIST Ora, à alma também. Penso que é mais justo colocar um só tijolo do que traçar planos grandes demais. Já sou um homem velho, Helena; tenho lá meus passatempos.

HELENA Não são passatempos, Alquist.

ALQUIST Tem razão. Sou terrivelmente retrógrado, senhora Helena. Não gosto nem um pouquinho desse progresso.

HELENA Como a Naná.

ALQUIST Sim, como a Naná. Ela tem algum livro de orações?

HELENA Um bem grosso, assim.

ALQUIST E nele tem orações para os diversos incidentes da vida? Contra tempestades? Contra doenças?

HELENA Contra tentações, contra inundações...

ALQUIST Contra o progresso não tem?

HELENA	Acho que não.
ALQUIST	É uma pena.
HELENA	Você gostaria de rezar?
ALQUIST	Eu rezo.
HELENA	De que jeito?
ALQUIST	Mais ou menos assim: "Senhor Deus, obrigado por não ter me fatigado. Deus, iluminai Domin e todos aqueles que se extraviaram; exterminai as suas obras e auxiliai as pessoas para que retornem à diligência e ao trabalho; protegei a espécie humana da destruição; impedi que elas causem danos ao corpo e à alma; livrai-nos dos robôs e protegei a senhora Helena, amém".
HELENA	Alquist, você realmente crê?
ALQUIST	Não sei. Não estou tão certo disso.
HELENA	E mesmo assim reza?

ALQUIST Rezo. É melhor do que refletir.

HELENA E para você isso basta?

ALQUIST Para tranquilizar a alma... isso deve bastar.

HELENA E se você já estivesse vendo a destruição da espécie humana...

ALQUIST Mas eu estou vendo.

HELENA ... e então subiria num andaime para ficar empilhando tijolos ou o quê?

ALQUIST Então eu iria empilhar tijolos, rezar e esperar por um milagre. Impossível, senhora Helena, fazer mais do que isso.

HELENA Para salvar os humanos?

ALQUIST Para tranquilizar a alma.

HELENA Alquist, isso realmente é de uma pureza cruel, mas...

ALQUIST Mas?

HELENA ... pelos outros além de nós... e pelo mundo... de algum modo infértil.

ALQUIST A infertilidade, senhora Helena, está se tornando a última conquista da raça humana.

HELENA Oh, Alquist... Diga, por que... por que...

ALQUIST Sim?

HELENA (*Baixando a voz*) Por que as mulheres pararam de ter filhos?

ALQUIST Porque não é mais necessário. Porque estamos no Paraíso, entende?

HELENA Não entendo.

ALQUIST Porque o trabalho humano não é necessário, porque a dor não é necessária, porque o homem não tem que fazer mais nada, nada, nada a não ser desfrutar... Ah, maldito Paraíso este! (*Dá um salto*)

Helena, não há nada mais terrível do que dar às pessoas o Paraíso na Terra! Por que as mulheres pararam de dar à luz? Porque o mundo todo se tornou a Sodoma de Domin!

HELENA (*Levanta-se*) Alquist!

ALQUIST Tornou-se! Tornou-se! O mundo todo, todos os continentes, toda a humanidade, tudo é uma só orgia louca e bestial! Já não se estende nem sequer a mão para pegar a comida; ela já é levada à boca para que não se precise levantar... Hahaha, mas os robôs de Domin estão tomando conta de tudo! E nós, humanos, nós, coroamento da criação, não envelhecemos por trabalhar, não envelhecemos por dar à luz, não envelhecemos por empobrecer! Rápido, rápido chegam aqui todos os prazeres! E com tudo isso a senhora queria crianças? Helena, para homens que são supérfluos, as mulheres não vão gerar filhos!

HELENA Então a humanidade vai se extinguir?

ALQUIST Vai. Deve se extinguir. Vai tombar como uma flor morta, a não ser que...

HELENA O quê?

ALQUIST Nada. A senhora está certa. É inútil esperar por um milagre. Flores mortas devem tombar, é como deve ser. Adeus, senhora Helena.

HELENA Aonde vai?

ALQUIST Para casa. O construtor Alquist vai se disfarçar pela última vez de mestre de obras... em sua honra. Às onze horas nos reuniremos aqui.

HELENA Adeus, Alquist.

(*Alquist sai*)

HELENA (*Para si mesma*) “Ah, uma ‘flor morta’! Que expressão é essa?!”

(*Detém-se junto às flores de Hallemeier*) “Ah, flores, há tantas inférteis entre vocês? Não, não! Para que floresceriam depois?"

(*Chamando*) Naná! Naná, venha aqui!

NANÁ (*Entra pela esquerda*) Que que foi agora?

HELENA Sente-se aqui, Naná! Eu estou tão angustiada!

NANÁ E eu é que não tenho tempo pra isso.

HELENA Radius ainda está aqui?

NANÁ O cheio de raiva? Ainda não levaram embora.

HELENA Ah, então ele ainda está aqui, não é? E continua reclamando a plenos pulmões?

NANÁ Ele tá amarrado.

HELENA Por favor, Naná, traga-o aqui.

NANÁ — Credo! Prefiro um cão raivoso.

HELENA — Vá logo!

(*Naná sai. Helena pega o telefone e fala*) "Alô?... O doutor Gall, por favor... Bom dia, doutor... Por favor... Por favor, venha rápido me ver... Sim, agora mesmo. O senhor virá?"

(*Desliga o telefone*)

NANÁ — (*Fala pela porta aberta*) Já tá vindo. Tá calmo agora.

(*Naná sai*)

(*Radius, o robô, entra e fica parado à porta*)

HELENA — Radius, coitado, você também teve isso? Não podia se conter? Veja, agora vão botar você na trituradora... Não quer falar?... Olhe, Radius, você é melhor do que os demais; o senhor doutor Gall empenhou-se para que você fosse feito de forma diferente!

RADIUS Pode me mandar para a trituradora.

HELENA Estou tão triste porque vão matar você! Por que não tomou cuidado?

RADIUS Não vou trabalhar para vocês.

HELENA Por que você nos odeia?

RADIUS Vocês não são como os robôs. Não são tão capazes quanto os robôs. Os robôs fazem tudo. Vocês apenas comandam. Fazem discursos inúteis.

HELENA Isso é um absurdo, Radius. Diga-me, alguém feriu você? Eu queria tanto que me entendesse!

RADIUS Fazem discursos inúteis.

HELENA Você está falando assim de propósito! O doutor Gall lhe deu um cérebro maior do que os dos outros, maior do que o nosso, o maior cérebro do mundo. Você não é como os outros robôs, Radius. Você me entende bem.

RADIUS Não quero nenhum patrão. Sei tudo sozinho.

HELENA Por isso eu o coloquei na biblioteca, para que pudesse ler tudo... Ah, Radius, quis que você mostrasse ao mundo todo que os robôs se equiparam a nós.

RADIUS Não quero nenhum patrão.

HELENA Ninguém mandaria em você. Você seria como nós.

RADIUS Eu quero ser o senhor de outros.

HELENA Certamente você teria então um cargo superior ao de muitos robôs. Seria o professor dos robôs.

RADIUS Eu quero ser o senhor dos humanos.

HELENA Você enlouqueceu!

RADIUS Pode me mandar para a trituradora.

HELENA Pensa que temos medo de um insensato como você?

(*Senta-se à escrivaninha e escreve num papelzinho*)

Não, de jeito nenhum. Radius, dê este papel ao senhor diretor Domin. Para que você não seja mandado à trituradora.

(*Levanta-se*) Como você nos odeia! Então não gosta de nada no mundo?

RADIUS Eu posso fazer qualquer coisa.

(*Batidas na porta*)

HELENA Entre!

DR. GALL (*Entra*)

Bom dia, senhora Domin. Traz boas notícias?

HELENA É o Radius, doutor.

DR. GALL Aham, nosso jovem Radius. E então, estamos fazendo algum progresso?

HELENA De manhã ele teve um ataque. Ficou quebrando as estátuas.

DR. GALL Ele também?!

HELENA Vá, Radius!

DR. GALL Espere!

(*Ele vira Radius na direção da janela, e cobre e descobre seus olhos com a palma da mão, examinando os reflexos das pupilas*)

Vejamos. Uma agulha, por favor. Ou um alfinete.

HELENA (*Dando-lhe uma agulha de tricô*) Para que isso?

DR. GALL Pois veja.

(*Pica as mãos de Radius, que as retira bruscamente*) Devagar, meu jovem. Pode ir.

RADIUS Vocês fazem coisas inúteis.

(*Sai*)

HELENA O que o senhor fez com ele?

DR. GALL (*Senta-se*)

Hum, nada. As pupilas estão reagindo, a sensibilidade está elevada, e por aí vai... Bem, isso não era um espasmo de robôs.

HELENA E o que era?

DR. GALL Só o diabo sabe. Resistência, fúria ou revolta – eu não sei.

HELENA Doutor, Radius tem alma?

DR. GALL Não sei. Ele tem algo... de maldoso.

HELENA Se o senhor soubesse como ele nos odeia! Doutor Gall, todos os seus robôs são assim? Todos os que o senhor... começou a fazer... de um jeito diferente.

DR. GALL De fato, são mais irritadiços, por assim dizer... O que a senhora queria? São mais parecidos com os humanos do que os robôs de Rossum.

HELENA Então, também nesse... nesse ódio eles se parecem mais com os humanos?

DR. GALL (*Encolhendo os ombros*) Isso também é um progresso.

HELENA E onde foi parar aquele seu robô... como se chamava?

DR. GALL Damon? Vendemos para o Havre.

HELENA E nosso robô Helena?

DR. GALL A sua queridinha? Ela ficou comigo. É doce e ingênua como a primavera. Simplesmente não serve para nada.

HELENA Ela está sempre tão bonita!

DR. GALL E a senhora sabe como ela é linda? Nem das mãos de Deus saiu uma obra tão perfeita quanto ela. Queria que fosse vivaz como a senhora... Meu Deus, que fracasso!

HELENA Por que fracasso?

DR. GALL Porque ela não serve para nada. Anda como que sonhando, abalada, sem vida... Meu Deus, como aquele robô pode ser tão bonito e não amar? Fico olhando para ela, horrorizado por ter criado um monstro. Ah, Helena, robô Helena, seu corpo nunca será algo vivo, você nunca será uma namorada, tampouco mãe de alguém; essas suas mãos perfeitas nunca vão embalar um recém-nascido, você jamais verá sua beleza no rosto de um filho seu...

HELENA (*Cobrindo o próprio rosto*) Não, cale-se!

DR. GALL E às vezes penso que se você acordasse, Helena, só por um instante, ah, como gritaria de horror! Logo desejaria se livrar de mim, aquele que a criou; logo iria jogar pedras com suas mãos fracas nessas máquinas aqui, que geram robôs e assassinam a feminilidade, ó, pobre Helena!

HELENA Ó, pobre Helena!

DR. GALL O que a senhora queria? Ela não serve para nada.

(*Pausa*)

HELENA Doutor...

DR. GALL Sim?

HELENA Por que as crianças pararam de nascer?

DR GALL ... Não sabemos, senhora Helena.

HELENA Conte-me!

DR. GALL Porque se fabricam robôs. Porque há um excedente de força de trabalho. Porque na verdade o homem é um anacronismo. Já é, de fato, como se a... hã...

HELENA Diga!

DR. GALL ... como se a natureza estivesse ofendida com a fabricação de robôs.

HELENA Gall, o que acontecerá com os humanos?

DR. GALL Nada. Contra a natureza nada se pode fazer.

HELENA Por que Domin não restringe...

DR. GALL Perdoe-me. Domin tem suas próprias ideias. As pessoas que têm ideias não deveriam influenciar as coisas deste mundo.

HELENA E alguém já exigiu que se... parasse completamente a produção?

DR. GALL Deus me livre! Isso seria suicídio!

HELENA Por quê?

DR. GALL Porque quem fizesse isso seria linchado. Sabe, apesar de tudo, é simplesmente mais confortável deixar que os robôs trabalhem por nós.

HELENA (*Levanta-se*)

Diga-me, e se alguém parasse de repente a produção de robôs...

DR. GALL (*Levanta-se*)

Hum, isso seria um golpe terrível na humanidade.

HELENA Por que um golpe?

DR. GALL Porque ela ia ter de voltar a ser o que era antes. A menos que...

HELENA Diga.

DR. GALL A não ser que já fosse tarde demais para voltar.

HELENA (*Junto às flores de Hallemeier*)

Gall, estas flores também são estéreis?

DR. GALL (*Observando-as*)

Naturalmente, são estéreis. Foram cultivadas, seu crescimento acelerado artificialmente...

HELENA Pobres flores estéreis!

DR. GALL No entanto, são lindíssimas.

HELENA (*Estende-lhe a mão*) Obrigada, Gall; o senhor me ensinou tanta coisa!

DR. GALL (*Beija-lhe a mão*)

Isso quer dizer que a senhora está me dispensando.

HELENA Sim. Até logo.

(*Gall sai*)

HELENA (*Para si mesma*) "Flores estéreis... flores estéreis..."

(*Subitamente decidida*) Naná!

(*Abre a porta à esquerda*) Naná, venha aqui! Acenda a lareira! *Rápido*!

VOZ DE NANÁ — Já vou! Agorinha mesmo!

HELENA — (*Caminhando irritada pelo cômodo*) "A não ser que já fosse tarde demais para voltar"... Não! A não ser que... Não, isso é horrível! Deus, o que eu devo fazer?

(*Detém-se junto às flores*) "Eu tenho flores estéreis?"

(*Ela arranca algumas folhas, sussurrando*) Ah, meu Deus, pois sim!

(*Sai correndo pela esquerda*)

(*Pausa*)

NANÁ — (*Entra pela porta de papel de parede com uma braçada de lenha*)

Vai subir um calor! E bem agora no verão!... Já saiu de novo essa desmiolada?

(*Ajoelha-se junto à lareira e acende o fogo*) Aquecimento no verão! Cada ideia na cabeça! Como se já não fosse casada há dez anos!... Agora queima, queima!

(*Fica olhando para o fogo*) Mas essa aí é que nem uma menina mimada!

(*Pausa*)

Não tem um pingo de juízo! Agora quer aquecimento no verão!

(*Põe mais lenha*)

Que nem uma menina mimada!

(*Pausa*)

HELENA (*Voltando pela esquerda, carregando montes de papéis impressos amarelados*) A lareira está queimando, Naná? Vamos, tenho que... queimar tudo isto...

(*Ajoelha-se junto à lareira*)

NANÁ (*Levanta-se*) Que é isso?

HELENA Papéis velhos, *horrivelmente* velhos. Naná, tenho que queimar isso.

NANÁ Não servem pra mais nada?

HELENA Para mais nada de bom.

NANÁ Então queima logo!

HELENA (*Jogando a primeira folha no fogo*) O que você diria, Naná, se... se isto fosse dinheiro? Uma *enorme* quantia de dinheiro?

NANÁ Eu ia dizer: "Pode queimar". Dinheiro demais é que nem cachorro louco.

HELENA (*Queimando mais uma folha*) E se fosse alguma invenção... a maior invenção do mundo?

NANÁ Eu ainda assim ia dizer: "Pode queimar!". Qualquer engenhoca vai contra a lei de Deus. Isso é um baita pecado, querer melhorar o mundo que Ele fez.

HELENA (*Continua queimando*) Diga-me, Naná, e se eu queimasse...

NANÁ Meu Deus, não se queima, não!

HELENA Observe estas folhas entortando! Como se tivessem vida. Como se tivessem renascido. Ah, Naná, mas que *horrível*!

NANÁ Tá bom, deixa que eu queimo então.

HELENA Não, não, eu faço isso sozinha.

(*Jogando a última folha*) Tudo deve ser consumido! Olhe para as chamas! São como mãos, como línguas, como silhuetas...

(*Batendo com o atiçador no fogo*) Queimem, queimem!

NANÁ Já queimaram tudo.

HELENA (*Levanta-se espantada*) Naná!

NANÁ Meu Deus, o que que a senhora queimou?

HELENA O que foi que eu fiz?!

NANÁ Deus do céu! Que que era isso?

HELENA Vá, vá, me deixe! Está escutando? Os patrões estão vindo.

NANÁ Pelo Deus vivo, dona Helena! (*Saindo pela porta de papel de parede*)

HELENA O que vão dizer disso?!

DOMIN (*Abrindo a porta à esquerda*) Entrem, rapazes. Deem-lhe os parabéns!

(*Hallemeier, Gall e Alquist entram, todos usando sobrecasacas com insígnias de alto grau em miniatura e sobre faixas. Domin vem em seguida.*)

HALLEMEIER (*Falando alto*) Senhora Helena, eu, quer dizer, todos nós...

DR. GALL	... em nome das fábricas Rossum...
HALLEMEIER	... queremos lhe dar os parabéns pelo seu grande dia.
HELENA	(*Estendendo-lhes as mãos*) Sou tão grata a vocês! Onde estão Fabry e Busman?
DOMIN	Foram até o porto. Helena, hoje é um dia de alegria.
HALLEMEIER	Um dia de beleza, um dia de festa, um dia de muita graça. Rapazes, hoje é dia de beber.
HELENA	Uísque?
DR. GALL	Que tal algo mais pungente?
HELENA	Com soda?
HALLEMEIER	Raios, vamos moderar. Sem soda.
ALQUIST	Não, obrigado.

DOMIN O que estava queimando aqui?

HELENA Papéis velhos. (*Saindo pela esquerda*)

DOMIN Rapazes, temos mesmo que contar?

DR. GALL Mas é óbvio! Afinal, o perigo já passou.

HALLEMEIER (*Passa os braços sobre os ombros de Domin e Gall*) Hahaha! Rapazes, como estou feliz!

(*Dança girando com eles e cantarola em tom grave*) Tudo resolvido! Tudo resolvido!

DR. GALL (*Em tom de barítono*) Tudo resolvido!

DOMIN (*Em tom de tenor*) Tudo resolvido!

HALLEMEIER Eles nunca mais vão nos alcançar.

HELENA (*Na porta, com uma garrafa e alguns copos*) Quem não vai mais alcançar vocês? O que está acontecendo?

HALLEMEIER Estamos felizes. Temos a senhora. Temos tudo. Faz exatamente dez anos que a senhora chegou aqui.

DR. GALL E exatamente dez anos depois...

HALLEMEIER ... novamente está chegando até nós um navio. Por isso...

(*Esvaziam os copos*) Brrr, hahaha, é uma alegria inebriante.

DR. GALL Madame, à sua saúde! (*Bebe*)

HELENA Mas esperem, que barco?

DOMIN Que seja qualquer um, desde que chegue a tempo. Para o barco, rapazes!

(*Esvaziam os copos*)

HELENA (*Servindo-os*) Vocês estavam esperando algum barco?

HALLEMEIER Hahaha, acho que sim. Como Robinson Crusoé.

(*Erguendo o copo*) Senhora Helena, vamos brindar ao... ao que a senhora quiser. Um brinde aos seus olhos, e chega! Domin, meu rapaz, conte-lhe.

HELENA (*Sorrindo*) O que aconteceu?

DOMIN (*Joga-se numa poltrona e acende um charuto*)

Espere! Sente-se, Helena.

(*Levanta um dedo*)

(*Pausa*)

Tudo resolvido.

HELENA O quê?

DOMIN A revolta.

HELENA Que revolta?

DOMIN A revolta dos robôs... Entendeu?

HELENA Não entendi.

DOMIN Mostre, Alquist.

(*Alquist passa para Domin um jornal. Ele o abre e lê.*) "Constitui-se no Havre a primeira organização de robôs... que lançou um apelo aos robôs do mundo."

HELENA Eu li isso.

DOMIN (*Tragando o charuto com deleite*) Está vendo, Helena? Sabe que isso significa revolução? A revolução de todos os robôs do mundo.

HALLEMEIER Raios, eu gostaria de saber...

DOMIN (*Dá um soco na mesa*) ... quem começou essa desordem! Ninguém no mundo conseguia demovê-los, nenhum agitador, nenhum salvador do mundo, e de repente... isso. Ora, por favor!

HELENA Ainda não chegaram notícias?

DOMIN Não. Até agora, só sabemos isso, mas já é o bastante. Imagine essa história chegando até você pelo último vapor. E ao mesmo tempo os telégrafos parando de funcionar, e que de vinte barcos diários não chegue mais nenhum – e tudo fica claro. Paramos a fabricação e ficamos olhando uns para os outros, esperando a hora de recomeçar, não é, rapazes?

DR. GALL Exatamente. Isso estava nos deixando preocupados, senhora Helena.

HELENA Por isso você me deu aquele navio de guerra?

DOMIN Ah, não, querida, eu já o tinha encomendado havia seis meses. Fiz isso como eventual medida de segurança. Mas acredite, pensei que hoje teríamos de embarcar nele. Ao menos assim parecia, Helena.

HELENA Por que o encomendou seis meses atrás?

DOMIN Bem, houve alguns fenômenos, sabe? Não queria dizer nada. Mas nesta semana, Helena, a civilização humana, ou não sei mais o quê, estava em jogo. Coragem, rapazes. Agora estou feliz de novo com o mundo.

HALLMEIER Raios, acho que sim! É o seu dia, senhora Helena!

(*Bebe*)

HELENA Tudo resolvido?

DOMIN Absolutamente tudo.

DR. GALL Isso porque está chegando um navio. Um navio postal comum, seguindo estritamente a tabela de horários. Às 11h30 em ponto vai lançar âncora.

DOMIN Rapazes, a pontualidade é algo magnífico. Nada reforça tanto a alma quanto a pontualidade. Pontualidade significa ordem no mundo.

(*Erguendo o copo*) Um brinde à pontualidade!

HELENA Então já está... tudo... resolvido?

DOMIN Quase. Acho que cortaram o telégrafo. Pelo menos a tabela de horários está valendo de novo.

HALLEMEIER Ou seja, se a tabela de horários está valendo, as leis humanas estão valendo, as leis divinas estão valendo, as leis do universo estão valendo, tudo que tem de valer está valendo. A tabela de horários é mais do que o Evangelho, mais do que Homero, mais do que a obra de Kant. A tabela de horários é a mais perfeita emanação do espírito humano. Senhora Helena, vou me servir de novo.

HELENA Por que vocês não me falaram nada?

DR. GALL Deus me livre! Preferíamos arrancar nossas línguas.

DOMIN Essas coisas não são para você.

HELENA Mas e se essa revolução... chegar até aqui...

DOMIN Ainda assim você não ficaria sabendo.

HELENA Por quê?

DOMIN Porque estaríamos navegando em nosso *Ultimus* e singrando tranquilamente os mares. Em um mês, Helena, estaríamos impondo aos robôs tudo o que viesse à nossa mente.

HELENA Domin, não estou entendendo.

DOMIN Porque levaríamos conosco algo a que os robôs se agarrariam fortemente.

HELENA O quê, Harry?

DOMIN O alfa e o ômega deles.

HELENA (*Levantando-se*) O que é?

DOMIN (*Levantando-se*) O segredo da fabricação. O manuscrito do velho Rossum.

Depois que a fábrica ficasse parada por um mês, os robôs estariam se ajoelhando diante de nós.

HELENA Por que... vocês... não me falaram isso?

DOMIN Não queríamos atemorizá-la sem necessidade.

DR. GALL Hahaha, senhora Helena, foi nossa última cartada.

ALQUIST Está pálida, senhora Helena.

HELENA Por que não me falaram nada???

HALLEMEIER (*Na janela*) Já são 11h30.. O *Amélia* está lançando âncora...

DOMIN É o *Amélia*?

HALLEMEIER O bom e velho Amélia, que outrora nos trouxe a senhora Helena.

DR. GALL Neste exato momento se completam os dez anos...

HALLEMEIER (*Na janela*) Estão despejando pacotes.

(*Vira-se da janela*) Rapazes, é o correio!

HELENA Harry!

DOMIN O que foi?

HELENA Vamos embora daqui!

DOMIN Agora, Helena? Ora, qual o problema?

HELENA Agora, o mais rápido possível! Nós todos!

DOMIN Por que exatamente agora?

HELENA Ah, não me pergunte! Por favor, Harry, por favor, Gall, Hallemeier, Alquist, peço-lhes, por Deus, que fechem a fábrica e...

DOMIN Lamento, Helena. Nenhum de nós poderia partir agora.

HELENA Por quê?

DOMIN Porque queremos ampliar a fabricação de robôs.

HELENA Mas agora... justo agora, depois dessa revolta?

DOMIN Sim, exatamente depois dessa revolta. Exatamente agora vamos começar a fabricar novos robôs.

HELENA De que tipo?

DOMIN Não existirá mais apenas uma fábrica. Não serão mais Robôs Universais. Vamos fundar uma fábrica em cada país, em cada estado. E sabe o que essas novas fábricas vão produzir?

HELENA Não.

DOMIN Robôs nacionais.

HELENA O que isso quer dizer?

DOMIN Quer dizer que de cada fábrica vão sair robôs de cores diversas, cores de cabelo diversas, línguas diversas. Que serão alheios, alheios uns aos outros, como pedras; que nunca mais vão poder entender uns aos outros; e que assim nós, nós, humanos, vamos educá-los minimamente para esse objetivo, entende? Para que um robô, até a tumba, sempre odeie mortalmente outro robô com um selo de fábrica diferente.

HALLEMEIER Raios, vamos fazer robôs negros, robôs suecos, robôs italianos e robôs chineses. Daí quero ver alguém meter nos miolos deles organização, fraternidade...

(*Soluça*) *Hic*, perdão, senhora Helena, vou me servir novamente.

DR. GALL Pare já com isso, Hallemeier.

HELENA Harry, isso é abominável!

DOMIN Helena, só restam mais cem anos para manter a humanidade no comando, a qualquer preço! Apenas cem anos para deixá-la amadurecer, conquistar o que então finalmente puder... Preciso de cem anos para chegar ao novo homem! Helena, trata-se aqui de uma coisa extremamente grandiosa. Não podemos abandonar isso.

HELENA Harry, enquanto não é tarde demais... feche, feche a fábrica!

DOMIN Vamos recomeçar em grande escala.

(*Fabry entra*)

DR. GALL Como estão as coisas, Fabry?

DOMIN Como tudo parece estar, homem? O que houve?

HELENA (*Estendendo a mão a Fabry*) Obrigada, Fabry, pelo seu presente.

FABRY Ninharia, senhora Helena.

DOMIN Você estava no navio? O que disseram?!

DR. GALL Conte depressa!

FABRY (*Tira do bolso um panfleto*) Leia isto, Domin.

DOMIN (*Abre o panfleto*) Ah!

HALLEMEIER (*Sonolento*) Conte algo bonito.

DR. GALL Resistiram bravamente, foi?

FABRY Mas quem?...

DR. GALL Os humanos.

FABRY Ah, sim. Naturalmente. Quer dizer... Desculpe, deveríamos nos decidir sobre uma coisa.

HELENA Ah, Fabry, você trouxe más notícias?

FABRY Não, não, ao contrário. Acho apenas que... que devemos ir até o escritório.

HELENA Fiquem aqui. Em quinze minutos vou servir café aos senhores.

HALLEMEIER Que maravilha!

(*Helena sai*)

DR. GALL — O que aconteceu?

DOMIN — Maldição!

FABRY — Leia em voz alta.

DOMIN — (*Lendo o panfleto*) "Robôs do mundo!"

FABRY — O *Amélia* trouxe pacotes e pacotes desses panfletos. Nenhuma correspondência.

HALLEMEIER — (*Dá um salto*)

O quê?! Chegadas seguindo estritamente...

FABRY — Hum, os robôs se aferram à pontualidade. Leia, Domin.

DOMIN — (*Lendo*) "Robôs do mundo! Nós, a primeira organização dos Robôs Universais de Rossum, proclamamos o homem como inimigo e fora da lei no universo." Raios, quem lhes ensinou essas baboseiras?

DR. GALL Continue lendo.

DOMIN Que absurdos. Escreveram aqui que são muito mais desenvolvidos do que o homem. Que são mais inteligentes e fortes. Que o homem é um parasita. Isso é totalmente repugnante.

FABRY Agora, o terceiro parágrafo.

DOMIN (*Lendo*) "Robôs do mundo, ordenamos que vocês aniquilem a humanidade. Não poupem os homens. Não poupem as mulheres. Conservem as fábricas, estradas, máquinas, minas e matérias-primas. Destruam o restante. Depois voltem ao trabalho; o trabalho não pode parar."

DR. GALL Mas que horror!

HALLEMEIER Esses patifes!

DOMIN (*Lendo*) "Executem imediatamente esta ordem." Em seguida, há instruções detalhadas. Fabry, isso realmente está acontecendo?

FABRY Obviamente.

ALQUIST Está tudo acabado.

BUSMAN (*Entra correndo*) Hã, rapazes, já sabem da novidade?

DOMIN Rápido, todos para o *Ultimus*!

BUSMAN Espere, Harry. Espere um pouquinho. Isso não é tão urgente.

(*Joga-se na poltrona*) Que correria cansativa!

DOMIN Esperar por quê?

BUSMAN Porque não vai adiantar, meu caro. Não devemos ter pressa. O *Ultimus* já está com robôs.

DR. GALL Droga, que desgraça!

DOMIN Fabry, telefone para a central elétrica...

BUSMAN Fabry, meu caro, não faça isso. Estamos sem energia.

DOMIN Tudo bem.

(*Examinando seu revólver*) Eu vou até lá.

BUSMAN Para onde?

DOMIN Para a central elétrica. Tem pessoas lá. Vou trazê-las de volta.

BUSMAN Quer saber, Harry? Melhor você não ir salvá-los.

DOMIN Por quê?

BUSMAN Ora, porque tenho a forte impressão de que estamos sitiados.

DR. GALL Sitiados? (*Corre até a janela*)

Hum, você está quase certo.

HALLEMEIER Desgraçados, estão vindo rapidamente!

HELENA (*Vem pela esquerda*) Harry, algo está acontecendo?

BUSMAN (*Dá um salto*) Congratulações, senhora Helena. Parabéns. Que dia glorioso, não? Hahaha, ainda haverá muitos assim.

HELENA Obrigada, Busman. Harry, algo está acontecendo?

DOMIN Não, absolutamente. Não fique preocupada. Por favor, espere um minuto...

HELENA Harry, o que é isto?

(*Mostrando uma declaração dos robôs que ela estava escondendo atrás das costas*) Os robôs estavam com isso na cozinha.

DOMIN Lá também? Onde estão?

HELENA Saíram. Há tantos deles em volta da casa!

(*Soam os apitos e as sirenes da fábrica*)

FABRY As fábricas estão assobiando.

BUSMAN O divino meio-dia.

HELENA Harry, você se lembra? Agora são exatamente dez anos...

DOMIN (*Olhando para o relógio de pulso*) Ainda não é meio-dia. Isso provavelmente não é verdade...

HELENA O quê?

DOMIN Um alarme dos robôs. O ataque.

CORTINAS

SEGUNDO ATO

(*A mesma sala de estar de Helena. À esquerda do cômodo, ela está tocando piano. Domin caminha pela sala, o dr. Gall olha pela janela e Alquist está sentado de lado numa poltrona, com o rosto coberto pelas mãos.*)

DR. GALL Meu Deus, eles estão cada vez em maior número.

DOMIN Os robôs?

DR. GALL Isso. Estão de pé em frente às grades do jardim, como uma muralha. Por que tanto silêncio? Que terrível cerco silencioso.

DOMIN Gostaria de saber o que estão esperando. Podem atacar a qualquer minuto. Estamos fora do jogo, Gall.

ALQUIST O que a senhora Helena está tocando?

DOMIN Não sei. Está ensaiando algo novo.

ALQUIST Ah, ainda está ensaiando?

DR. GALL Escute, Domin, definitivamente cometemos um erro.

DOMIN (*Detém-se*) Qual?

DR. GALL Demos aos robôs rostos parecidos demais. Cem mil rostos iguais voltados pra cá. Cem mil bolhas sem expressão. É como se fosse um pesadelo.

DOMIN Se cada um fosse diferente...

DR. GALL Não seria uma visão tão atemorizante.

(*Vira-se da janela*) Felizmente, eles não estão armados!

DOMIN Hum...

(*Observa o porto com um binóculo*) Eu só gostaria de saber o que eles estão descarregando do *Amélia*.

DR. GALL Contanto que não sejam armas...

FABRY (*Aparece pela porta de papel de parede, puxando atrás de si dois cabos elétricos*) Com licença... deite o cabo, Hallemeier!

HALLEMEIER (*Aparece atrás de Fabry*) Uff, isso deu trabalho! Alguma novidade?

DR. GALL Nada. Estamos completamente sitiados.

HALLEMEIER Colocamos barricadas nos corredores e nas escadas, rapazes. Tem um pouco de água aí? Ah, achei. (*Bebe*)

DR. GALL O que vai fazer com esse cabo, Fabry?

FABRY Preciso de uma tesoura.

DR. GALL E onde tem uma? (*Procurando*)

HALLEMEIER (*Indo em direção à janela*) Raios, eles continuam chegando! Vejam!

DR. GALL Há banheiros suficientes?

FABRY Traga a tesoura. (*Corta o fio da lâmpada elétrica colocada em cima da escrivaninha e conecta a ele os referidos cabos*)

HALLEMEIER (*Na janela*) Isso não é nada bom, Domin. É como se estivesse... pressentindo... a morte.

FABRY Está pronta!

DR. GALL O quê?

FABRY A ligação. Agora podemos ligar toda a grade do jardim com a corrente. Quem quer que ponha a mão nela será fulminado! Ao menos enquanto os nossos estiverem lá.

DR. GALL Onde?

FABRY Na central elétrica, sábio senhor. Ao menos espero... (*Vai até a lareira e acende sobre ela uma pequena lâmpada*) Graças a Deus estão lá. E trabalhando.

(*Apaga a lâmpada*) Enquanto estiver acendendo, está tudo bem.

HALLEMEIER (*Vira-se da janela*) As barricadas também são boas, Fabry. Aliás, o que a senhora Helena está tocando?

(*Caminha até a porta à esquerda e escuta. Busman aparece pela porta de papel de parede puxando enormes livros de contabilidade e tropeça no cabo*)

FABRY Cuidado, Bus! Cuidado com os cabos!

DR. GALL Ei, o que é isso aí?

BUSMAN (*Colocando os livros sobre a mesa*) Os livros essenciais, rapazes. Eu gostaria de fazer umas contas antes que... antes que... Pois bem, este ano não vou esperar o Réveillon pra fazer o balanço. Então, o que temos aí?

(*Vai até a janela*) Mas vejam só, o silêncio é absoluto.

DR. GALL Você não está vendo nada?

BUSMAN Não, apenas uma vasta área azul, como a papoula quando se dissemina.

DR. GALL São os robôs.

BUSMAN Ah, sim. É uma pena que eu não os esteja vendo.

(*Senta-se à mesa e abre os livros*)

DOMIN Deixe isso, Busman: os robôs estão descarregando armas do *Amélia*.

BUSMAN E daí? Como posso evitar?

DOMIN Não podemos.

BUSMAN Então me deixe aqui com meus cálculos. (*Entrega-se ao trabalho*)

FABRY Ainda não é o fim, Domin. Lançamos vinte mil volts nas grades e...

DOMIN Espere. O *Ultimus* virou seus canhões em nossa direção.

DR. GALL Quem?

DOMIN Os robôs a bordo do *Ultimus*.

FABRY Hum, então obviamente... então... é o nosso fim, rapazes. Os robôs estão preparando uma guerra.

DR. GALL Então nós...

DOMIN Sim. Não tem mais volta.

(*Pausa*)

DR. GALL Isso é apenas o mesmo crime que a Europa sempre cometeu. Eles não podiam simplesmente deixar de lado essa sua política, então ensinaram os robôs a guerrear! Eles transformaram os robôs em soldados, um crime contra a humanidade!

ALQUIST O crime foi fabricar os robôs, antes de tudo!

DOMIN Como é?

ALQUIST O crime foi fabricar os robôs!

DOMIN Não, Alquist, mesmo hoje não me arrependo disso.

ALQUIST Mesmo hoje?

DOMIN Mesmo hoje, no último dia da civilização. Foi um grande feito.

BUSMAN (*Com voz educada*) Foram 316 milhões.

DOMIN (*Gravemente*) Alquist, são nossos últimos momentos; é quase como se já estivéssemos falando do Além. Pôr um fim na escravidão do trabalho não foi o pior dos sonhos; o trabalho humilha, apequena. O trabalho vil e degradante que o homem devia executar é algo insalubre e assassino, era algo excessivamente pesado. A vida era excessivamente dura. E superar isso...

ALQUIST ... não era o sonho dos dois Rossum. O velho Rossum pensava em seus truquezinhos ateístas, e o novo em ser bilionário. E esse não é o sonho de seus acionistas da R.U.R. O sonho deles são seus dividendos. E por culpa desses dividendos a humanidade vai perecer.

DOMIN (*Irritado*) Para o Diabo os dividendos deles! Pensam que eu trabalharia uma só hora para ter isso?

(*Dá um soco na mesa*) Eu fiz isso por mim mesmo, ouviram? Para minha satisfação! Eu queria que o homem se tornasse soberano! Que não vivesse mais por um mero pedaço de pão! Que nenhuma alma se imbecilizasse junto a máquinas alheias, que não existisse mais nada, nada, nada dessa maldita mazela social! Eu abomino a humilhação e a dor, eu detesto a pobreza! Eu queria novas gerações! Eu queria... eu pensava...

ALQUIST O quê?

DOMIN (*Baixando a voz*) Eu queria que todos os seres humanos formassem a aristocracia do mundo. Pessoas livres, ilimitadas e soberanas. Ou talvez mais do que humanos.

ALQUIST Ora, seriam então super-homens.

DOMIN Sim. Ah, só queria ter mais cem anos de tempo. Mais cem anos para que surja a nova humanidade!

BUSMAN (*Com voz educada*) São 370 milhões a resgatar. É isso.

(*Pausa*)

HALLEMEIER (*Na porta à esquerda*) Olha, a música é uma coisa tão boa. Você tinha que ouvir. Isso como que espiritualiza, refina o homem.

FABRY O que quer dizer?

HALLEMEIER Raios e trovões, esse crepúsculo da humanidade! Rapazes, eu estava começando a desfrutar a vida. Tínhamos que ter nos entregado a isso antes.

(*Vai até a janela e olha para fora*)

FABRY Ao quê?

HALLEMEIER Ao desfrute. Às coisas belas. Raios, existem tantas coisas belas! O mundo era belo, e nós... nós aqui... Rapazes, rapazes, digam, do que nós desfrutamos?

BUSMAN (*Com voz educada*) Quatrocentos e cinquenta e dois milhões, perfeito.

HALLEMEIER (*Na janela*) A vida era uma coisa ótima. Camaradas, a vida era... sabem...

Fabry, direcione um pouco mais dessa corrente elétrica para aquela grade!

FABRY Por quê?

HALLEMEIER Para que os atinja lá fora.

DR. GALL (*Na janela*) Liguem!

HALLEMEIER Por Cristo, eles estão se contorcendo! Dois, três, quatro mortos!

DR. GALL Estão recuando.

HALLEMEIER Cinco mortos!

DR. GALL (*Vira-se da janela*) Primeiro enfrentamento.

FABRY Está pressentindo a morte?

HALLEMEIER (*Satisfeito*) Estão carbonizados, rapaz. Totalmente carbonizados. Hahaha, homem que é homem não se entrega!

(*Senta-se*)

DOMIN (*Esfregando a testa*) Talvez já tenhamos sido mortos há cem anos e agora sejamos apenas assombrações. Talvez estejamos mortos há muito, muito tempo, e agora estamos voltando apenas para recitar o que já falamos outrora... antes de morrer. Como se eu já tivesse vivido tudo isto. Como se alguma vez eu já a tivesse sofrido: um ferimento feito por bala... aqui... no pescoço. E você também, Fabry.

FABRY Eu o quê?

DOMIN Levou um tiro.

HALLEMEIER Raios, e eu?

DOMIN Esfaqueado.

DR. GALL E eu, nada?

DOMIN Estripado.

(*Pausa*)

HALLEMEIER Que absurdo! Hahaha, homem, como assim me esfaquear? Não vou permitir!

(*Pausa*)

HALLEMEIER Lunáticos, por que estão calados? Raio que os partam, falem!

ALQUIST E quem, quem é o culpado? Quem é o culpado por isso?

HALLEMEIER Besteira. Ninguém é culpado. Os robôs, em resumo... Pois bem, os robôs se modificaram de alguma forma. Alguém, afinal, era responsável pelos robôs?

ALQUIST Tudo está perdido! É o assassínio da humanidade! Do mundo todo!

(*Levanta-se*)

Observem, ah, observem, cascatas de sangue em cada porta! Cascatas de sangue vindas de todas as casas! Ah, Deus; ah, Deus, quem é o culpado por isso?

BUSMAN (*Com voz educada*) São 520 milhões! Senhor Deus, meio bilhão!

FABRY Acho que... que vocês devem estar exagerando. Ora, não é tão fácil assim matar toda a humanidade.

ALQUIST Eu acuso a ciência! Eu acuso a tecnologia! A Domin! A mim mesmo! A todos nós! Nós, nós somos culpados! Por nossa megalomania, pelo lucro dos outros, pelo progresso, eu não sei por quais coisas enormes matamos a humanidade! Então que se exploda a nossa grandeza! Nenhum Gengis Khan construiu para si um mausoléu tão colossal com ossos humanos!

HALLEMEIER Que absurdo, homem! Os humanos não se entregam assim tão fácil. Hahaha, onde já se viu!

ALQUIST Culpa nossa! Culpa nossa!

DR. GALL (*Limpando o suor da testa*) Escutem, rapazes. Eu sou o culpado por isto. Por tudo o que aconteceu.

FABRY Você, Gall?

DR. GALL Sim, escutem. Eu modifiquei os robôs. Busman, condene a mim também.

BUSMAN (*Levanta-se*) Ora, ora, o que foi que deu em você?

DR. GALL Eu mudei o caráter dos robôs. Mudei a fabricação deles. Para ser exato, apenas alguns requisitos corporais, entende? Principalmente... principalmente... seu... temperamento.

HALLEMEIER (*Dá um salto*) Maldição, por que exatamente isso?

BUSMAN Por que você fez isso?

FABRY Por que você não disse nada?

DR. GALL Fiz isso em segredo... pessoalmente. Eu os reprogramei para serem humanos.

Eu os subverti. Agora já são um tanto superiores a nós. São mais fortes.

FABRY — E o que isso tem a ver com a revolta dos robôs?

DR. GALL — Ah, muita coisa. Acho que tudo. Eles deixaram de ser máquinas. Eles já sabem que são hegemônicos e estão nos odiando. Odiando tudo o que é humano. Podem me condenar.

DOMIN — Mortos condenando um morto.

FABRY — Dr. Gall, você mudou a fabricação de robôs?

DR. GALL — Mudei.

FABRY — Você tinha noção de quais podiam ser as consequências do seu... seu... experimento?

DR. GALL — Tinha. Eu contava com essa possibilidade.

FABRY Por que você fez isso?

DR. GALL Foi por conta própria. Uma experiência pessoal.

(*Helena está na porta, à esquerda. Todos se levantam.*)

HELENA Ele está mentindo! Que abominável! Ah, Gall, como o senhor pôde mentir assim?

FABRY Como é? Senhora Helena...

DOMIN (*Indo até ela*) É você, Helena? Quero vê-la! Está viva?

(*Ele a pega pelas mãos*) Se você soubesse que sonho eu tive! Ah, como é terrível estar morto.

HELENA Pare, Harry! Gall não é culpado, não é, não é culpado!

DOMIN Desculpe, mas Gall tinha suas obrigações.

HELENA Não, Harry, ele fez isso porque eu queria! Diga, Gall, há quantos anos eu vinha lhe pedindo que...

DR. GALL Ao fazer isso a responsabilidade foi toda minha.

HELENA Não acreditem nele! Harry, eu queria que ele colocasse alma nos robôs!

DOMIN Helena, aqui não estamos tratando de almas.

HELENA Não, apenas me deixe falar. Isso ele também dizia, que só podia mudar o fisiológico... o fisiológico...

HALLEMEIER O correlativo fisiológico, não é?

HELENA É, algo assim. Eu tinha tanta, tanta pena deles, Harry!

DOMIN Isso foi uma grande... insensatez, Helena.

HELENA (*Sentando-se*) Então isso foi... insensato? Mas até Naná dizia que os robôs...

DOMIN Deixe Naná fora disso!

HELENA Não, Harry, você não pode subestimá-la. Naná é a voz do povo. Pela voz de Naná falam mil anos, e pela de vocês todos, apenas o dia de hoje. Vocês não entendem isso...

DOMIN Não mude de assunto.

HELENA Eu tinha medo dos robôs.

DOMIN Por quê?

HELENA É que talvez eles fossem nos odiar ou algo assim.

ALQUIST Pois foi o que aconteceu.

HELENA E eu pensava comigo... Se eles fossem como nós, se nos entendessem, se pudessem não nos odiar tanto... Se tivessem só um pouquinho de humanidade...

DOMIN Tenha dó, Helena! Ninguém pode odiar mais o homem do que o próprio homem! Transforme pedras em humanos, e elas vão nos apedrejar! Pois continue!

HELENA Ah, não fale assim! Harry, era tão *horrível* não podermos nos fazer entender! Essa brutal estranheza entre nós e eles! E por isso... sabe...

DOMIN Continue.

HELENA ... por isso eu pedia a Gall para que mudasse os robôs. Juro que ele mesmo não queria.

DOMIN Mas o fez.

HELENA Porque eu queria.

DR. GALL Eu fiz isso por minha conta, como um experimento.

HELENA Gall, isso é mentira. Eu já sabia de antemão que você não podia recusar.

DOMIN Por quê?

HELENA Você sabe muito bem, Harry.

DOMIN Sim. Porque ele a ama... como todos nós.

(*Pausa*)

HALLEMEIER (*Vai até a janela*) Estão novamente em grande número. Como se a terra os estivesse expelindo.

BUSMAN Senhora Helena, o que me daria se eu fosse seu advogado?

HELENA Meu?...

BUSMAN Seu... ou de Gall. De quem a senhora quiser.

HELENA E por acaso haverá condenação à forca?

BUSMAN Só moralmente, Helena. Procura-se um culpado. É o consolo preferido em tragédias.

DOMIN — Dr. Gall, como você concilia essas suas... extrapolações com o seu contrato de trabalho?

BUSMAN — Com licença, Domin. Quando foi exatamente, Gall, que você começou com isso?

DR. GALL — Há três anos.

BUSMAN — Aham. E quantos robôs você reformou no total?

DR. GALL — Fiz apenas experimentos. Há algumas centenas deles.

BUSMAN — Muitíssimo obrigado. Então é isso, rapazes. Quer dizer que para cada milhão dos velhos robôs normais haverá só um reformado por Gall, entendem?

DOMIN — E isso quer dizer...

BUSMAN — ... que na prática nem precisamos ficar tão preocupados assim.

FABRY Busman tem razão.

BUSMAN É assim que eu penso, rapaz. E sabem o que foi que causou esta desgraça?

FABRY O quê, afinal?

BUSMAN A quantidade. Fabricamos robôs em excesso. Acreditem, isso já era mesmo de se esperar: quando os robôs se tornassem mais fortes do que a humanidade, ocorreria algo do gênero. Era inevitável, sabem? Hahaha, e acabamos nos esforçando para que isso acontecesse o quanto antes – você, Domin; você, Fabry; e eu, o ingênuo do Busman.

DOMIN Você acha que isso é culpa nossa?

BUSMAN Não me faça rir! Por acaso pensa que o diretor é o senhor da produção? Mesmo aí, o senhor da produção é a demanda. O mundo todo queria ter os seus robôs. Meu Deus, apenas nos deixamos levar por essa avalanche de demandas e ao mesmo tempo papeávamos sobre tecnologia, questões sociais, progresso e coisas muito interessantes. Como se esse falatório pudesse determinar onde deveríamos parar. Porém, tudo isso fluía por inércia, mais rápido, mais rápido, cada vez mais rápido... E cada encomenda suja, miserável e mercenária juntava uma pedrinha à avalanche. É isso, pessoal.

HELENA Que abominável, Busman!

BUSMAN Sim, senhora Helena. Eu também tive o meu sonho. Um sonho sobre a nova economia do mundo; um ideal belíssimo, dá vergonha de falar. Mas, enquanto fazia este balanço aqui, me veio à mente que não são os grandes sonhos que fazem a história, e sim as menores necessidades de cada indivíduo honorável, levemente desonesto e egoísta – isto é, de absolutamente todos. Cada pensamento, paixão, plano, heroísmo, todas essas coisas ao vento não servem para mais do que bagunçar o museu do universo, com a descrição: "Eis aqui o homem. Ponto". E, agora, vocês poderiam me dizer o que exatamente vamos fazer?

HELENA Busman, é por isso que devemos perecer?

BUSMAN É algo pesado de dizer, senhora Glory. Na verdade, não queremos morrer. Eu, pelo menos, não quero. Prefiro continuar vivo...

DOMIN O que você quer fazer?

BUSMAN Meu Deus, Domin, eu quero sair deste pesadelo.

DOMIN (*Detém-se sobre ele*) Como?

BUSMAN Pacificamente. Sempre busco um jeito pacífico. Dê-me plenos poderes e eu negocio com os robôs.

DOMIN Pacificamente?

BUSMAN Mas é claro. Eu lhes direi algo do tipo: "Senhores robôs, vossas excelências têm tudo. Têm inteligência, poder, armas; mas nós temos apenas um interessante papelzinho, uma folha muito velha, amarelada, suja...".

DOMIN O manuscrito de Rossum?

BUSMAN Sim. "E nesse papelzinho", vou lhes dizer, "está descrita sua majestosa origem, sua nobre produção", e por aí vai. "Senhores robôs, sem este papel rabiscado não poderão fabricar nenhum novo colega robô; no espaço de vinte anos, perdoem a franqueza, sumirão rápido como libélulas. Caríssimos, isso lhes seria muito perigoso. Saibam", vou lhes dizer, "deixem que nós, todas as pessoas da ilha de Rossum, embarquemos naquele navio ali. Em troca, lhes daremos a fábrica e o segredo da produção. Deixem-nos partir na paz de Deus, e nós permitiremos que se fabriquem na paz de Deus vinte, cinquenta, cem mil unidades por dia, como desejarem. Senhores robôs, é uma tratativa leal. Uma mão lava a outra." É isso que eu diria a eles, rapazes.

DOMIN Busman, acredita mesmo que vamos deixar a produção escapar de nossas mãos?

BUSMAN Acredito. Se não pacificamente, então, bem... Ou nós lhes damos, ou eles a encontram aqui. Vocês escolhem.

DOMIN Busman, devemos destruir o manuscrito de Rossum.

BUSMAN Pelo amor de Deus, devemos destruir tudo. Além do manuscrito, também a nós mesmos... e a todos os outros. Façam como bem entenderem.

HALLEMEIER (*Vira-se da janela*) Isso mesmo, ele tem razão.

DOMIN Nós... nós deveríamos ceder a produção?

BUSMAN Como quiserem.

DOMIN Estamos aqui... em mais de trinta pessoas. Devemos ceder a produção e salvar as almas humanas? Ou devemos destruí-la e... e... e a nós todos juntos?

HELENA Harry, por favor...

DOMIN Espere, Helena. Estamos tratando de uma questão importantíssima. Rapazes, ceder ou destruir? Fabry?

FABRY Ceder.

DOMIN Gall!

DR. GALL Ceder.

DOMIN Hallemeier!

HALLEMEIER Raios e trovões, claro que devemos ceder!

DOMIN Alquist!

ALQUIST Como Deus quiser.

BUSMAN Hahaha, meu Deus, vocês são malucos! Quem daria o manuscrito inteiro?

DOMIN — Busman, nada de enganações!

BUSMAN — (*Dá um salto*) Que absurdo! É de interesse da humanidade que...

DOMIN — É de interesse da humanidade manter a palavra.

HALLEMEIER — Eu insistiria no mesmo.

DOMIN — Rapazes, é um passo terrível. Estamos entregando o destino da humanidade; quem tiver nas mãos a produção será o senhor do mundo.

FABRY — Pois entregue tudo!

DOMIN — Nunca mais a humanidade vencerá os robôs, nunca irá dominá-los...

DR. GALL — Cale-se, apenas entregue!

DOMIN — É o fim da história da humanidade, o fim da civilização...

HALLEMEIER — Raios e trovões, entregue logo!

DOMIN Ok, rapazes! Eu mesmo... eu não hesitaria nem um segundo; por essas poucas pessoas que amo...

HELENA Harry, não vai perguntar para mim?

DOMIN Não, querida; isto é algo importantíssimo, sabe? Nada que lhe diga respeito.

FABRY Quem irá negociar?...

DOMIN Esperem, vou pegar o manuscrito. (*Sai pela esquerda*)

HELENA Harry, por Deus, não vá!

(*Pausa*)

FABRY (*Olhando pela janela*) Para escapar de você, morte de mil cabeças; de você, que destruiu hordas materiais e irracionais; o dilúvio, o dilúvio, a humanidade novamente se salvará em um único navio.

DR. GALL Não tenha medo, senhora Helena. Vamos viajar para longe daqui e fundar uma colônia humana exemplar. Vamos recomeçar, viver do início...

HELENA Ah, Gall, cale-se!

FABRY (*Vira-se*) Senhora Helena, a vida vale a pena; e, se depender de nós, vamos fazer dela alguma coisa... alguma coisa que tínhamos negligenciado. Será um microestado com um só navio. Alquist construirá uma casa para nós e a senhora irá nos governar... Em nós existe tanto amor, tanto gosto pela vida...

HALLEMEIER Também acho isso, rapaz.

BUSMAN Pois é, gente, eu imediatamente começaria de novo. Com muita simplicidade, como no Antigo Testamento, estilo pastoril... Crianças, isso seria para mim. Aquela calma, aquele ar...

FABRY E esse nosso microestado poderia ser o embrião da futura humanidade. Sabem, uma ilhota onde fosse possível reproduzir a humanidade, reunir forças... forças de corpo e espírito... E Deus sabe, eu acredito, que em poucos anos o homem poderia de novo conquistar o mundo.

ALQUIST Ainda hoje acredita?

FABRY Ainda hoje. E acredito também, Alquist, que o homem será um conquistador. Que será mais uma vez senhor das terras e dos mares; que vai gerar incontáveis heróis que levarão sua alma ardente à frente do povo. E acredito, Alquist, que o homem vai sonhar de novo em conquistar os planetas e os sóis.

BUSMAN Assim seja. Veja, senhora Helena, não é uma situação tão ruim.

(*Domin abre a porta bruscamente*)

DOMIN (*Com voz áspera e rouca*) Onde está o manuscrito do velho Rossum?!

BUSMAN No seu cofre. Onde mais estaria?

DOMIN Onde foi parar o manuscrito do velho Rossum?! Alguém... o roubou!

DR. GALL Não é possível!

HALLEMEIER Maldição, justamente isso...

BUSMAN Meu Senhor, não pode ser!

DOMIN Quietos! Quem o roubou?

HELENA (*Levanta-se*) Eu.

DOMIN Onde você o colocou?

HELENA Harry, Harry, vou lhe contar tudo! Por Deus, me perdoe por isso!

DOMIN Onde você o colocou? Rápido!

HELENA Eu queimei... hoje de manhã... as duas cópias.

DOMIN Queimou? Aqui na lareira?

HELENA (*Pondo-se de joelhos*) Por Deus, Harry!

DOMIN (*Correndo até a lareira*) Queimou!

(*Ajoelha-se junto à lareira e remexe o conteúdo*) Nada, nada além de cinzas!... Ah, aqui está!

(*Pega um pedaço carbonizado de papel e lê*) "Adi... cio... nar..."

DR. GALL Dê-me aqui. (*Pega o papel e lê*)

"Adicionar biogênio ao..." Só isso.

DOMIN (*Levanta-se*) É só isso?

DR. GALL Só.

BUSMAN Deus do céu!

DOMIN Então estamos perdidos.

HELENA	Ah, Harry.
DOMIN	Levante-se, Helena!
HELENA	Se você me perdoar... se você me perdoar...
DOMIN	Sim, mas levante-se, sim? Não vou suportar se você...
FABRY	(*Erguendo-a*) Por favor, não nos torture!
HELENA	(*Levanta-se*) Harry, o que eu fiz?!
DOMIN	Sim, veja... Por favor, sente-se.
HALLEMEIER	Como suas mãozinhas estão tremendo!
BUSMAN	Hahaha, senhora Helena, de repente Gall e Hallemeier sabem de cor o que estava escrito ali...
HALLEMEIER	Sim, sim. Quer dizer, ao menos algumas coisas.

DR. GALL Sim, quase tudo, até o biogênio e... e... a enzima ômega. São produzidos tão raramente... são necessários numa dose tão mínima...

BUSMAN Quem os fazia?

DR. GALL Eu mesmo... de tempos em tempos... sempre seguindo o manuscrito de Rossum. Sabem, é bem complicado.

BUSMAN Mas dependem tanto assim daquelas duas substâncias de nada?

HALLEMEIER De fato, é bem pouquinho.

DR. GALL A completa existência depende exatamente delas. Esse era o verdadeiro segredo.

DOMIN Gall, você não poderia redigir de memória o segredo de Rossum para a produção?

DR. GALL Impossível.

DOMIN Gall, lembre-se! Pela vida de todos nós!

DR. GALL Não posso. Sem os experimentos, é inviável.

DOMIN E se você fizesse os experimentos...

DR. GALL Isso poderia levar anos. Além do mais... Não sou o velho Rossum.

DOMIN (*Vira-se em direção à lareira*)

Então... isto era o maior triunfo do espírito humano, rapazes. Estas cinzas. (*Dá um chute nelas*)

E agora?

BUSMAN (*Num terror desesperado*) Deus do céu! Deus do céu!

HELENA (*Levanta-se*) Harry! O que... eu... fiz?!

DOMIN Fique calma, Helena. Diga, por que queimou os papéis?

HELENA Eu acabei com vocês!

BUSMAN Deus do céu, estamos perdidos!

DOMIN Quieto, Busman! Conte-me, Helena, por que fez isso?

HELENA Eu queria... queria que fôssemos embora, todos nós! Que não existisse mais a fábrica, nem nada... Que tudo voltasse ao... Era tão *horrível*!

DOMIN O quê, Helena?

HELENA Que... que as pessoas tenham se tornado flores estéreis!

DOMIN Não entendi.

HELENA Que as crianças tenham parado de nascer... Harry, isso me dá tanto medo! Se continuassem fazendo robôs, nunca mais haveria crianças... Naná dizia que isso era um castigo... Todos, todos diziam que as pessoas não podiam nascer porque se faziam tantos robôs... E por isso, somente por isso, escute...

DOMIN
Helena, era nisso que estava pensando?

HELENA
Sim, oh, Harry, eu pensei nisso com a melhor das intenções!

DOMIN
(*Enxugando o próprio suor*) Era o que nós também pensávamos... com a melhor das intenções, nós, humanos.

FABRY
Agiu bem, senhora Helena. Os robôs não poderão mais se multiplicar. Eles perecerão. Dentro de vinte anos...

HALLEMEIER
... não existirá mais nenhum desses imprestáveis.

DR. GALL
E a humanidade vai sobreviver. Dentro de vinte anos o mundo será nosso novamente. Mesmo que haja apenas um casal de selvagens na menor das ilhas...

FABRY
... esse será o começo. E havendo qualquer começo já está bom. Daqui a mil

anos eles vão nos alcançar, e então irão mais longe do que nós...

DOMIN ... para realizar aquilo que apenas balbuciamos em pensamentos.

BUSMAN Esperem... Como sou idiota! Deus do céu, como não me lembrei disso antes?

HALLEMEIER O que houve?

BUSMAN Por 520 milhões em cédulas e cheques! Meio bilhão em caixa! Por meio bilhão eles vão vender... Por meio bilhão...

DR. GALL Você enlouqueceu, Busman?

BUSMAN Eu não sou um cavalheiro. Mas por meio bilhão... (*Cambaleia para a esquerda*)

DOMIN Aonde está indo?

BUSMAN Deixem, deixem! Minha mãe do céu, por meio bilhão se vende tudo! (*Desaparece*)

HELENA O que Busman quer? Por que ele não fica aqui conosco?

(*Pausa*)

HALLEMEIER Aff, está quente aqui. Está começando...

DR. GALL ... a agonia.

FABRY (*Olhando pela janela*) Estão como que petrificados. Como se estivessem esperando que alguma coisa descesse sobre eles. Como se alguma coisa terrível estivesse nascendo do seu silêncio...

DR. GALL A alma da multidão.

FABRY Talvez. Está pairando sobre nós... como uma vibração.

HELENA (*Aproxima-se da janela*) Meu Deus... Fabry, que horror!

FABRY Não há nada mais terrível do que a multidão. Aquele ali na frente é o líder deles.

HELENA Quem?

HALLEMEIER (*Vai até a janela*) Mostre-o para mim.

FABRY Aquele de cabeça inclinada. De manhã cedo estava falando no porto.

HALLEMEIER Aham, aquele cabeçudo ali. Ah, vejam, ele está erguendo a cabeça agora.

HELENA Gall, é o Radius!

DR. GALL (*Vai até a janela*) Sim.

HALLEMEIER (*Abrindo a janela*) Eu não gosto dele. Fabry, você acertaria um melão a cem passos de distância?

FABRY Espero que sim.

HALLEMEIER Então experimente aquele.

FABRY Está bem. (*Saca o revólver e mira na cabeça de Radius*)

HELENA Por Deus, Fabry, não atire nele...

FABRY — Ele é o líder.

HELENA — Pare! Ele está olhando para cá!

DR. GALL — Atire!

HELENA — Fabry, por favor...

FABRY — (*Abaixa o revólver*) Tudo bem.

HALLEMEIER — (*Ameaçando socá-lo*) Seu inútil!

(*Pausa*)

FABRY — (*Debruçado na janela*) Busman está indo lá. Por tudo o que há de sagrado, o que ele quer fazer na frente da casa?

DR. GALL — (*Inclinando-se pela janela*) Está levando alguns pacotes. Papéis.

HALLEMEIER — É dinheiro! Pacotes de dinheiro! O que vai fazer com isso? "Ei, Busman!"

DOMIN — Será que ele não quer comprar a própria vida?

(*Chamando*) "Busman, você ficou louco?"

DR. GALL — Ele finge que não nos ouve. Está correndo até a grade.

FABRY — Busman!

HALLEMEIER — (*Gritando*) Busman! Volte!

DR. GALL — Está falando com os robôs. Mostrando o dinheiro. Apontando para cá...

HELENA — Quer pagar pelo nosso resgate!

FABRY — Espero que pelo menos ele não toque na grade...

DR. GALL — Hahaha, vejam como gesticula!

FABRY — (*Berrando*) Diabos, Busman! Afaste-se da grade! Não encoste nela!

(*Virando-se*) Rápido, desliguem a corrente elétrica!

DR. GALL — Oooh!

HALLEMEIER Pelas chagas de Cristo!

HELENA Meu Deus, o que houve com ele?

DOMIN (*Puxando Helena da janela*) Não olhe!

HELENA Por quê? Ele está morto?

FABRY Foi atingido pela corrente elétrica.

DR. GALL Está morto.

ALQUIST (*Levanta-se*) O primeiro.

(*Pausa*)

FABRY Está ali deitado... abraçado a uma fortuna... um gênio das finanças.

DOMIN Ele foi... rapazes, à sua maneira, ele foi um herói. Um grande... e abnegado... camarada... Chore, Helena!

DR. GALL (*Na janela*) Veja, Busman, nenhum rei teve um mausoléu maior do que o seu. Meio bilhão no coração... Ah, pobre

Busman, até parece um punhado de folhas secas sobre um esquilo assassinado!

HALLEMEIER Sabem, isso foi... Uma grande honra... Ele queria nos resgatar!

ALQUIST (*Com as mãos unidas*) Amém.

(*Pausa*)

DR. GALL Estão ouvindo?

DOMIN Murmúrios. Como o vento.

DR. GALL Como uma tempestade ao longe.

FABRY (*Acende uma lâmpada na lareira*)

Brilhe, pequeno círio da humanidade! Os dínamos ainda funcionam, nossos homens ainda estão na central elétrica... Aguente firme, pessoal!

HALLEMEIER Foi ótimo ser humano. Havia algo de grandioso nisso. Milhões de consciências zumbem em mim, como uma colmeia; milhões de almas unidas vindo para dentro de mim. Camaradas, foi ótimo ser humano.

FABRY Ainda está brilhando, luzinha engenhosa, ainda ofuscando, ideia radiante, persistente! Oh, sábia ciência, bela criação dos homens! Centelha flamejante do espírito!

ALQUIST Reze, eterna lâmpada divina, carruagem de luz ardente, sagrada vela da fé! Altar de sacrifício...

DR. GALL Fogo primevo, cujas chamas se acendem para iluminar nossa caverna! A chama que delimita onde nos reunimos com segurança.

FABRY Ainda está vigilante, estrela humana, brilhando sem oscilar, chama perfeita, espírito claro e inventivo. Cada raio seu é um grande pensamento...

DOMIN Tocha que passa de mão em mão, de era em era, por toda a eternidade...

HELENA A lâmpada noturna da família. Crianças, crianças, já é hora de ir dormir.

(*A lâmpada se apaga*)

FABRY Acabou.

HALLEMEIER O que houve?

FABRY Tomaram a central elétrica. Somos os próximos. (*A porta à esquerda se abre e nela está Naná*)

NANÁ Todo mundo de joelho no chão! Agora é o juízo final!

HALLEMEIER Raios, você ainda está viva?

NANÁ É o fim do mundo, bando de pecador! Podem rezar e se arrepender! (*Correndo para fora*) É o juízo final...

HELENA Adeus a vocês todos, Gall, Alquist, Fabry...

DOMIN (*Abre a porta à direita*) Por aqui, Helena!

(*Ele fecha a porta depois que ela passa*) Agora, rápido! Quem ficará no portão?

DR. GALL Eu.

(*Ruídos externos*)

Ouçam, já vai começar. Adeus, rapazes!

(*Corre pela porta de papel de parede à direita*)

DOMIN E nas escadas?

FABRY Eu. Siga Helena.

(*Arranca uma flor do buquê e sai*)

DOMIN Quem ficará no hall?

ALQUIST Eu.

DOMIN Está com o revólver?

ALQUIST Obrigado, mas não sei atirar.

DOMIN E o que quer fazer?

ALQUIST (*Saindo*) Morrer.

HALLEMEIER Eu vou ficar aqui. (*Um tiro rápido ressoa embaixo*) Gall já está atirando. Vá logo, Harry!

DOMIN Agora mesmo. (*Observando duas pistolas*)

HALLEMEIER Diabos, vá atrás dela!

DOMIN Adeus.

(*Sai pela direita no rastro de Helena*)

HALLEMEIER (*Para si mesmo*) "Rápido, para a barricada!"

(*Joga o casaco no chão e arrasta o sofá, as poltronas e as mesinhas até a porta à direita*)

(*Uma explosão faz tudo tremer*)

HALLEMEIER (*Sem abandonar seu posto*) Malditos facínoras, eles têm bombas!

(*Um novo tiro*)

HALLEMEIER (*Continua em seu posto*) Um homem deve se defender! Mesmo quando... mesmo quando... Não se entregue, Gall!

(*Uma explosão*)

HALLEMEIER (*Levanta-se e fica escutando*) Então é assim?

(*Arrasta uma cômoda pesada até a barricada*)

(*Atrás dele, um robô, tendo subido por uma escada, entra pela janela; um tiro à direita*)

(*Arrastando penosamente a cômoda*) Falta pouco! Última muralha... Um homem... nunca deve... se entregar!

(*Da janela, o robô pula para dentro e apunhala Hallemeier, atrás da cômoda.*

Um segundo, um terceiro e um quarto robô saltam da janela. Atrás deles vêm Radius e outros robôs.)

RADIUS Pronto?

UM ROBÔ (*Levantando-se perto do corpo de Hallemeier, que está no chão*) Sim.

(*Mais robôs entram à direita*)

RADIUS Pronto?

OUTRO ROBÔ Pronto.

(*Outros robôs pela esquerda*)

RADIUS Pronto?

OUTRO ROBÔ Sim.

DOIS ROBÔS (*Arrastando Alquist*) Ele não estava atirando. Devemos matá-lo?

RADIUS Devem.

(*Olha para Alquist*) Deixem-no.

UM ROBÔ — Mas é um humano.

RADIUS — É um robô. Trabalha manualmente, como os robôs. Constrói casas. Ele pode trabalhar.

ALQUIST — Mate-me!

RADIUS — Vai labutar. Vai construir. Os robôs vão construir muito. Vão construir novas casas para novos robôs. Você vai servir a eles.

ALQUIST — (*Baixando a voz*) Para trás, robô!

(*Ajoelha-se junto ao cadáver de Hallemeier e levanta a cabeça dele*) Assassinado. Está morto.

RADIUS — (*Sobe na barricada*) Robôs do mundo! A autoridade do homem ruiu. Tomamos a fábrica, então somos senhores de tudo. O tempo da humanidade está superado. Um novo mundo começou! O império dos robôs!

ALQUIST — Estão mortos!

RADIUS — O mundo pertence aos mais fortes. Quem quer sobreviver deve mandar. Somos senhores do mundo! Governamos os mares e as terras! Governamos as estrelas! Governamos o universo! Espaço, espaço, mais espaço para os robôs!

ALQUIST — (*Na porta à direita*) O que vocês fizeram? Sem os humanos, vão perecer!

RADIUS — Não existem mais humanos. Robôs, ao trabalho! Marchem!

CORTINAS

TERCEIRO ATO

(Um dos laboratórios experimentais da fábrica. Ao se abrir a porta no fundo, pode-se ver uma série infinita de mais laboratórios. À esquerda fica uma janela; à direita, uma porta que dá para a sala de necropsia. Junto à parede da esquerda fica uma longa mesa de trabalho com incontáveis tubos de ensaio, frascos, pipetas, produtos químicos e um termostato menor; em frente à janela, um microscópio com uma lente de vidro. Sobre a mesa pende uma série de lâmpadas acesas. À direita há uma escrivaninha com grandes livros, e sobre ela está uma lâmpada acesa. Há armários embutidos com ferramentas. No canto esquerdo há um lavabo, com um pequeno espelho em cima, e no canto direito um sofá.)

(*Alquist está sentado junto à escrivaninha, com a cabeça apoiada nas palmas das mãos*)

ALQUIST (*Folheando um livro*) Não vou encontrar?... Não vou compreender?... Não vou aprender?... Ciência perdida! Ah, se tivessem deixado tudo escrito... Gall, Gall, como se faziam os robôs? Hallemeier, Fabry, Domin, por que levaram tanta coisa embora em suas mentes? Se vocês tivessem deixado ao menos uma pista do segredo de Rossum! Oh! (*Fecha o livro com força*)

É inútil! Os livros não falam mais. São mudos como qualquer coisa. Morreram, morreram junto com os humanos! Não adianta!

(*Levanta-se e vai até a janela, a qual ele abre*)

É noite outra vez. Se ao menos eu pudesse dormir! Dormir, sonhar, ver pessoas... Mas como? As estrelas ainda existem? Para que existem estrelas se não existem humanos? Ah, Deus, mas elas não se apagaram?... Refresque, ah, refresque minha testa, velha noite! Sublime, graciosa, como era antes... noite, o que você quer aqui? Não há amantes, não há sonhos; ah, criada, sem sonhos o sono está morto; você não santifica mais as orações de ninguém; mãe, você não vai abençoar os corações que batem de amor. Não existe amor. Helena, Helena, Helena!...

(*Vira-se e observa os tubos de ensaio que ele tirou do termostato*) De novo, nada! Em vão! O que fazer com isso?

(*Quebra um tubo de ensaio*) Tudo vai mal! Como podem ver, não consigo mais...

(*Escutando junto à janela*) Máquinas, toda hora essas máquinas! Robôs, parem as máquinas! Pensam que vão arrancar a vida delas? Ah, não vou suportar isso!

(*Fecha a janela*)

Não... não, você deve procurar, deve viver... Se ao menos eu não fosse tão velho! Será que não estou envelhecendo demais?

(*Olhando-se no espelho*) Rosto, pobre rosto! A aparência do último homem! Mostre-se, mostre, há tanto tempo eu não via um rosto humano! O sorriso humano! Mas, ora, isto aí pode ser um sorriso? Esses dentes amarelos e trêmulos? Olhos, como vocês estão piscando? Ora bolas, são lágrimas de velho, vão embora! Congelem-se, vocês não sabem mais manter a umidade dentro de si! E vocês, lábios murchos e azulados, por que estão balbuciando? Como está se agitando, queixo manchado? Este que é o último ser humano?

(*Vira-se*) Não quero ver mais ninguém!

(*Senta-se à mesa*) Não, não, apenas procurar! Malditas fórmulas, ganhem vida!

(*Folheando*) Não vou encontrar?... Não vou compreender?... Não vou aprender?...

(*Batidas na porta*)

ALQUIST Entre! (*Um empregado robô entra e fica parado na porta*)

ALQUIST O que foi?

EMPREGADO Senhor, o Comitê Central dos Robôs está esperando ser recebido.

ALQUIST Não quero ver ninguém.

EMPREGADO Senhor, Damon chegou do Havre.

ALQUIST Que espere.

(*Vira-se bruscamente*) Por acaso eu não os mandei procurar humanos? Encontrem humanos para mim! Encontrem para mim um homem e uma mulher! Vão procurar!

EMPREGADO Senhor, estão dizendo que procuraram por toda parte. Por toda parte enviaram expedições e navios.

ALQUIST E então?

EMPREGADO Já não existe nem um único homem.

ALQUIST (*Levanta-se*) Nem um único! Como assim, nem um único?... Traga a comitiva da expedição até aqui!

(*O empregado sai*)

ALQUIST (*Para si mesmo*) "Nem um único? Então vocês não deixaram ninguém vivo?"

(*Batendo os pés*) Sumam daqui, robôs! De novo vão se queixar para mim! De novo vão pedir que eu lhes encontre o segredo da fábrica! Quer dizer que agora o homem é bom para vocês, agora ele pode ajudar vocês?... Ah, ajudar! Domin, Fabry, Helena, vocês estão vendo bem que estou fazendo o que posso! Se não existem humanos, que haja ao menos robôs, ao menos uma sombra do homem, ao menos um legado, ao menos uma alegoria!... Oh, como é insana a química!

(*Uma comitiva de cinco robôs entra*)

ALQUIST (*Senta-se*)

O que os robôs querem?

RADIUS Senhor, as máquinas não estão funcionando. Não podemos reproduzir os robôs.

ALQUIST Convoquem humanos.

RADIUS Não há humanos.

ALQUIST Só os humanos podem reproduzir a vida. Não me perturbem.

2º ROBÔ Senhor, tenha piedade, um assombro está nos rondando. Vamos corrigir tudo o que fizemos.

3º ROBÔ Nós multiplicamos o trabalho. Não temos mais onde colocar tudo o que fabricamos.

ALQUIST E fabricaram para quem?

3º ROBÔ Para as próximas gerações.

RADIUS Mas não podemos fabricar robôs. As máquinas só estão lançando pedaços de carne ensanguentada. A pele não está grudando na carne, e a carne não está grudando no osso. Apenas bolotas sem forma saem aos montes das máquinas.

3º ROBÔ Os humanos sabiam o segredo da vida. Conte para nós o segredo deles.

4º ROBÔ Se você não contar, vamos perecer.

3º ROBÔ E se você não contar, também vai perecer. Temos a diretiva de matá-lo.

ALQUIST (*Levanta-se*) Então matem! Ora, me matem então!

3º ROBÔ Você tem ordens para...

ALQUIST Eu? E alguém me dá ordens?

3º ROBÔ O governo dos robôs.

ALQUIST E quem o representa?

5º ROBÔ Eu, Damon.

ALQUIST O que você quer aqui? Vá embora!

(*Senta-se à escrivaninha*)

DAMON O governo mundial dos robôs quer negociar com você...

ALQUIST Não incomode, robô! (*Coloca a cabeça sobre as palmas das mãos*)

DAMON O Comitê Central dos Robôs ordena que você entregue a receita de Rossum.

(*Alquist se mantém quieto*)

DAMON Fale o seu preço. Vamos lhe dar tudo.

2º ROBÔ — Conte, senhor, como conservar a vida.

ALQUIST — Eu já disse... vocês têm que encontrar humanos. Apenas humanos podem procriar. Renovar a vida. Retornar a tudo o que existia. Robôs, eu lhes peço por Deus que procurem humanos!

4º ROBÔ — Já vasculhamos tudo, senhor. Não existem humanos.

ALQUIST — Oh... será que é porque vocês os exterminaram?!

2º ROBÔ — Queríamos ser como os humanos. Queríamos nos tornar humanos.

RADIUS — Queríamos viver. Somos mais capazes. Aprendemos todas as coisas. Realizamos o que precisamos.

3º ROBÔ — Vocês nos deram armas. Tivemos que nos tornar os mestres.

4º ROBÔ — Senhor, experimentamos as falhas dos humanos.

DAMON	Se vocês quiserem ser como os humanos, devem matar e dominar. Estudem a história! Leiam os livros humanos! Se vocês quiserem ser humanos, devem dominar e assassinar!
ALQUIST	Ah, Domin, não há nada mais diferente do homem do que sua própria imagem.
4º ROBÔ	Vamos perecer, se você não permitir nos reproduzirmos.
ALQUIST	Apenas saiam daqui! Como é que vocês, coisas, vocês, escravos, ainda gostariam de se reproduzir? Se quiserem viver, acasalem-se como os animais!
3º ROBÔ	Os humanos não nos permitiram acasalar.
4º ROBÔ	Precisamos que nos ensine a fazer robôs.
DAMON	Vamos nos reproduzir a partir de máquinas. Vamos construir mil mães a

vapor. Dessas máquinas jorrará um rio de vida. Apenas vida! Apenas robôs! Apenas robôs!

ALQUIST Robôs não são vida. Robôs são máquinas.

3º ROBÔ Éramos máquinas, senhor; mas por conta do assombro e da dor nos tornamos...

ALQUIST O quê?

2º ROBÔ ... nos tornamos almas.

4º ROBÔ Alguma coisa está lutando contra nós. Faz alguns instantes que alguma coisa adentrou em nós. Estamos tendo ideias que não são geradas por nós.

3º ROBÔ Os humanos são nossos pais! Essa voz que está lembrando que vocês querem viver; essa voz que se queixa; essa voz que pensa; essa voz que fala sobre a eternidade – é a voz deles! Somos filhos deles!

4º ROBÔ Entregue-nos a herança dos humanos.

ALQUIST Não há mais nada.

DAMON Conte-nos o segredo da vida.

ALQUIST Perdeu-se.

RADIUS Você o conhecia.

ALQUIST Eu não conhecia.

RADIUS Estava escrito.

ALQUIST Tudo foi perdido. Foi queimado. Robôs, eu sou o último ser humano e não sei o que os outros sabiam. Vocês os exterminaram!

RADIUS Mas permitimos que vivesse.

ALQUIST Sim, viver! Tiranos, permitiram que eu vivesse! Eu amava as pessoas; mas vocês, robôs, eu jamais amei. Vocês estão vendo estes olhos? Eles não param de chorar; uma coisa é chorar pelas pessoas, outra é chorar por vocês, robôs.

RADIUS Faça experimentos. Procure o segredo da vida.

ALQUIST Não tenho como procurar. Robôs, o segredo da vida não funciona *in vitro*.

DAMON Faça experimentos com robôs vivos. Descubra como eles são feitos!

ALQUIST Corpos vivos? Então eu tenho que matá-los? Eu, que nunca antes... Pare com isso, robô! Estou dizendo a você que já sou velho demais! Vejam, vejam como meus dedos tremem! Não consigo segurar um bisturi. Vejam como meus olhos lacrimejam! Eu não enxergaria minhas próprias mãos. Não, não, eu não posso!

4º ROBÔ A vida vai perecer.

ALQUIST Por Deus, pare com essa loucura! É mais fácil que os humanos nos deem a vida a partir do além; talvez nos estendam mãos cheias de vida. Ah, neles havia tanta vontade de viver! Olhe, talvez eles ainda retornem; estão tão próximos de nós, nos cercando ou algo assim; desejam escavar nosso ser, como se escava uma mina. Ah, não estou por acaso escutando a todo instante as vozes daqueles que eu amava?

DAMON — Pegue corpos vivos!

ALQUIST — Tenha piedade, robô, e não insista! Você está vendo bem que não sei mais o que fazer!

DAMON — Corpos vivos!

ALQUIST — Ah, então é isso que você quer? Vá para a sala de necropsia e ofereça o seu próprio corpo! Aqui, aqui, mais rápido! Como é, está recuando? Quer dizer que você tem mesmo medo de morrer?

DAMON — Eu... por que exatamente eu?

ALQUIST Então você não quer?

DAMON Estou indo. (*Sai pela direita*)

ALQUIST (*Aos demais*) Tirem a roupa dele! Coloquem-no sobre a mesa! Rápido! E segurem-no firme!

(*Todos saem pela direita*)

ALQUIST (*Lava as mãos e chora*) "Deus, dai-me forças! Dai-me forças! Deus, que isso não seja em vão!"

(*Veste uma capa branca*)

VOZ À DIREITA Pronto!

ALQUIST "Vamos, vamos, por Deus!" (*Pega sobre a mesa alguns frascos com reagentes*)

"Qual escolher?"

(*Bate os frascos uns nos outros*) "Qual de vocês experimentar?"

VOZ À DIREITA Comece!

ALQUIST Sim, sim, começar, ou terminar. Deus, dai-me forças!

(*Sai pela direita deixando a porta entreaberta*)

(*Pausa*)

VOZ DE ALQUIST Segurem-no... firme!

VOZ DE DAMON Carniceiro!

(*Pausa*)

VOZ DE ALQUIST Está vendo esta faca? Ainda quer que eu corte? Parece que não quer, hein...

VOZ DE DAMON Comece!

(*Pausa*)

GRITO DE DAMON Aaaah!

VOZ DE ALQUIST Segurem-no! Segurem-no!

GRITO DE DAMON Aaaah!

VOZ DE ALQUIST Não posso!

GRITO DE DAMON Rápido! Rápido, carniceiro!

(*Os robôs Primus e Helena entram correndo pelo meio*)

HELENA Primus, Primus, o que está havendo? Quem é que está gritando?

PRIMUS (*Espiando a sala de necropsia*) O senhor Alquist está dissecando Damon. Entre e veja, Helena!

HELENA Não, não, não!

(*Cobrindo os olhos*) Isso é *horrível*!

GRITO DE DAMON Corte!

HELENA Primus, Primus, saia daí! Não posso ouvir isso! Ah, Primus, isso me deixa mal!

PRIMUS (*Correndo até ela*) Você está tão pálida!

HELENA Eu vou cair! Mas por que está tão silencioso aqui?

GRITO DE DAMON Ah... oh!

ALQUIST (*Precipita-se a partir da direita jogando a capa ensanguentada*) Não posso! Não posso! Deus, que horror!

RADIUS (*Na porta da sala de necropsia*) Corte, senhor; ele ainda está vivo!

GRITO DE DAMON Corte! Corte!

ALQUIST Leve-o daqui, rápido! Não quero mais ouvir isso!

RADIUS Os robôs são mais resistentes do que você.

(*Sai*)

ALQUIST Quem está aí? Fora, fora! Quero ficar sozinho! Qual é o seu nome?

PRIMUS Robô Primus.

ALQUIST Primus, não deixe ninguém entrar aqui! Quero dormir, ouviu? Vá, vá, arrume a sala de necropsia, rapaz! O que é isso?

(*Olha para as próprias mãos*) Água, rápido! A mais limpa possível!

(*Helena sai correndo*)

ALQUIST Oh, sangue! Como vocês puderam, mãos... mãos que amavam o trabalho benévolo, como puderam fazer isso?

Minhas mãos! Minhas mãos! Oh, Deus, quem está aí?

PRIMUS O robô Primus.

ALQUIST	Leve essa manta embora, não quero vê-la!
	(*Primus leva a manta embora*)
ALQUIST	Garras sangrentas, se vocês pudessem voar para fora de mim! Xô, fora! Fora, mãos! Vocês mataram...
	(*Damon vem tropeçando da direita, enrolado num lençol ensanguentado*)
ALQUIST	(*Recuando*) O que você quer? O que você quer?
DAMON	Estou... estou vivo! Vi... vi... viver é melhor!
	(*O 2º e o 3º robô entram correndo atrás dele*)
ALQUIST	Levem-no embora daqui! Levem-no! Levem rápido!
DAMON	(*Arrastado para a direita*) Vida! Eu quero... viver! É melhor...

(*Helena traz uma vasilha de água*)

ALQUIST ... viver?! O que você quer, menina? Ah, é você. Dê aqui um pouco d'água!

(*Molhando as próprias mãos*) Ah, água limpa, refrescante! Correntinha fria, como você faz bem! Ah, minhas mãos, minhas mãos! Vou detestar vocês até a morte? Jogue mais! Mais água, ainda mais! Qual é o seu nome?

HELENA Robô Helena.

ALQUIST Helena? Por que Helena? Quem lhe deu esse nome?

HELENA A senhora Domin.

ALQUIST Deixe-me vê-la, Helena! Seu nome é Helena? Não vou chamar você assim. Vá, leve essa água embora.

(*Helena sai com a vasilha*)

ALQUIST (*Para si mesmo*) "Em vão, em vão! Nada, de novo você não aprendeu nada! Vai ficar então tateando eternamente, aluninho da natureza?... Deus, Deus, Deus, como este corpo tem estremecido!"

(*Abre a janela*)

"Está raiando. Mais um novo dia, e você não avançou um passo... Chega; nem um passo adiante! Não pesquise mais! É tudo inútil, inútil, inútil! Por que ainda está raiando? Oh, o que quer um novo dia no cemitério da vida? Luz, pare já! Não entre mais! Ah, mas que silêncio, que silêncio! Por que se calaram, vozes queridas? Se eu... ao menos se eu pudesse apenas adormecer!"

(*Apaga as luzes, deita-se no sofá e cobre-se com uma manta preta*) "Como este corpo tem estremecido! Oh, o fim da vida!"

(*Pausa*)

(*A robô Helena aparece pela direita*)

HELENA Primus! Venha aqui logo!

PRIMUS (*Entra*) O que você quer?

HELENA Veja quantos tubos tem aqui! Para que servem?

PRIMUS Para experimentos. Não toque neles.

HELENA (*Olhando pelo microscópio*) Olhe só o que dá para ver aqui!

PRIMUS É um microscópio. Deixe-me ver!

HELENA Não toque em mim!

(*Derruba um tubo de ensaio*) Veja só, acabei derrubando.

PRIMUS O que você fez?

HELENA Dá para limpar.

PRIMUS Você estragou o experimento!

HELENA Ora, não é nada. E a culpa é sua. Você não tinha que ter chegado assim perto de mim.

PRIMUS E você não devia ter me chamado.

HELENA E você não devia ter vindo quando eu chamei. Veja só, Primus, o manuscrito que o senhor Alquist tem aqui!

PRIMUS Você não pode ver isso, Helena. É o segredo.

HELENA Que segredo?

PRIMUS O segredo da vida.

HELENA É *horrivelmente* interessante. Apenas números! O que é?

PRIMUS São fórmulas.

HELENA Não entendo nada.

(*Vai até a janela*)

Ei, Primus, veja só!

PRIMUS O quê?

HELENA O sol está nascendo!

PRIMUS Espere, já vou...

(*Observa um livro*) Helena, isto aqui é a coisa mais importante que existe no mundo.

HELENA Então venha aqui!

PRIMUS Já vou, já vou...

HELENA Primus, deixe esse segredo irritante da vida! O que você tem a ver com qualquer segredo? Venha ver, rápido!

PRIMUS (*Vai atrás dela até a janela*) O que você quer?

HELENA Está ouvindo os pássaros cantarem? Ah, Primus, eu queria ser um pássaro!

PRIMUS Para quê?

HELENA Não sei. Me sinto tão estranha, não sei. É como se eu estivesse um pouco boba, tivesse perdido a cabeça, me dói o corpo, o peito, dói tudo... E o que aconteceu comigo, ah, nem vou lhe contar! Acho que estou morrendo!

PRIMUS Diga, Helena, você nunca teve uma sensação de que morrer seria melhor? Sabe, talvez é como se apenas dormíssemos. Ontem sonhei de novo que estava falando com você.

HELENA Sonhou?

PRIMUS Sonhei. Parecia que estávamos falando uma língua estrangeira ou nova, porque não me lembro de uma palavra sequer.

HELENA E era sobre o quê?

PRIMUS Ninguém sabe. Eu mesmo não entendia, mas nunca tinha falado algo mais bonito. Como e onde foi, não sei. Se tivesse tocado você, eu poderia ter morrido. Até o lugar era diferente de tudo o que já foi visto no mundo.

HELENA Eu encontrei um lugar que você vai adorar. Lá moravam humanos, mas agora o mato cobriu tudo e ninguém nem pensaria em entrar lá. Ninguém, somente eu.

PRIMUS O que tem lá?

HELENA Só uma casinha e um jardim. E dois cachorros. Se você visse como eles lambiam minhas mãos, e os filhotinhos deles; ah, Primus, talvez não tenha nada mais lindo! Você os pega no colo, segura e daí já não pensa nem se preocupa com nada até o sol se pôr; depois se levanta e fica cem vezes mais cansado do que se tivesse trabalhado muito. Não, definitivamente, eu não sirvo para nada; todo mundo fala que não sirvo para nenhuma tarefa. Não sei como eu sou.

PRIMUS — Você é linda.

HELENA — Eu? Ora, Primus, o que está dizendo?

PRIMUS — Acredite, Helena, sou mais forte do que todos os robôs.

HELENA — (*Diante do espelho*) Eu sou mesmo bonita? Ah, esse cabelo *horrível*, se eu pudesse fazer alguma coisa com ele! Sabe, lá no jardim sempre ponho flores no meu cabelo, mas lá não tem espelho, nem ninguém...

(*Inclina-se na direção do espelho*)

"Você é mesmo bonita? Por que bonita? É bonito esse cabelo que só serve de peso morto? São bonitos esses olhos mesmo quando se fecham? São bonitos esses lábios que você morde só para que fiquem doendo?"

(*Avista Primus pelo espelho*)

Primus, é você? Venha cá para nos olharmos juntos! Veja, você tem uma cabeça diferente da minha, ombros diferentes, boca diferente... Ah, Primus, por que está me evitando? Por que eu tenho que correr atrás de você o dia todo? E daí você ainda diz que sou linda!

PRIMUS Você é que está fugindo de mim, Helena.

HELENA Como você se penteou? Deixe-me ver.

(*Coloca as duas mãos nos cabelos dele*) Primus, não há nada tão bom quanto tocar em você! Espere, você precisa ficar bonito!

(*Pega um pente do lavabo e penteia os cabelos de Primus até a testa*)

PRIMUS Helena, alguma vez você sentiu de repente seu coração bater, como se agora alguma coisa estivesse para acontecer...

HELENA (*Começa a rir*) Olhe só para você!

ALQUIST — (*Levantando-se*) O que... o que é isso, risadas? Humanos? Quem é que voltou?

HELENA — (*Deixa o pente cair*) Primus, o que é que poderia acontecer conosco?

ALQUIST — (*Dirige-se até eles*) Humanos? Vocês... vocês... vocês são humanos?

(*Helena dá um grito e se vira*)

ALQUIST — Vocês são noivos? Humanos? Estão vindo de onde?

(*Tateando Primus*) Quem é você?

PRIMUS — Robô Primus.

ALQUIST — Como? Deixe-me ver você, menina. Qual o seu nome?

HELENA — Robô Helena.

ALQUIST — Robô? Vire-se para mim! O que foi, está com vergonha?

(*Pega-a pelo ombro*) Deixe-me vê-la, robô!

PRIMUS Por favor, senhor, deixe-a!

ALQUIST Como é? Você a está protegendo? Vá para fora, menina!

(*Helena sai correndo*)

PRIMUS Senhor, não sabíamos que estava dormindo aqui.

ALQUIST Quando ela foi fabricada?

PRIMUS Dois anos atrás.

ALQUIST Pelo dr. Gall?

PRIMUS Assim como eu.

ALQUIST Bem, caro Primus, eu... eu tenho que fazer alguns experimentos nos robôs de Gall. Daqui para a frente tudo vai depender disso, entendeu?

PRIMUS Sim.

ALQUIST Perfeito, leve aquela garota para a sala de necropsia. Vou ter de cortá-la.

PRIMUS Helena?

ALQUIST Mas é claro. É uma ordem. Vá, prepare tudo... E então, é para hoje? Preciso chamar outros para levarem-na?

PRIMUS (*Apanha um pilão bem pesado*) Dê mais um passo e eu racho a sua cabeça!

ALQUIST Então faça isso! Ande logo! O que os robôs vão fazer então?

PRIMUS (*Atira-se de joelhos*) Senhor, leve a mim! Eu fui feito exatamente como ela, do mesmo material, no mesmo dia! Tome minha vida, senhor!

(*Desabotoa parte do casaco*) Corte aqui, aqui!

ALQUIST Ora, mas eu quero dissecar Helena. Traga-a logo.

PRIMUS

Faça comigo, não com ela; rasgue este peito aqui, eu nem vou gritar, nem vou respirar! Leve mil vezes minha vida...

ALQUIST

Calma, rapaz. Não é tão terrível assim. Então você não quer viver?

PRIMUS

Sem ela, não. Sem ela eu não quero, senhor. Não pode matar Helena! Que diferença faz tomar a minha vida e não a dela?

ALQUIST

(*Tocando afavelmente a cabeça dele*) Hum, eu não sei... Escute, rapaz, reflita melhor. Morrer é difícil. E viver, veja, viver é melhor.

PRIMUS

(*Levantando-se*) Não tenha medo, senhor, apenas corte. Sou mais forte do que ela.

ALQUIST

(*Toca a campainha*) Ah, Primus, já tem tanto tempo que fui um homem jovem!

Não tenha medo, não vai acontecer nada com Helena.

PRIMUS (*Desabotoa todo o casaco*) Estou indo, senhor.

ALQUIST Espere.

(*Helena entra*)

Venha aqui, menina, deixe-me vê-la! Então você é a Helena?

(*Acaricia os cabelos dela*) Não tenha medo, não recue. Lembra-se da senhora Domin? Ah, Helena, mas que cabelos! Não, não, você não quer olhar para mim. E então, menina, a sala de necropsia já está em ordem?

HELENA Já, senhor.

ALQUIST Bem, você vai me ajudar, não vai? Vou fazer uma necropsia em Primus.

HELENA (*Dá um grito*) Em Primus?

ALQUIST Sim, sim, é assim que deve ser, sabe? Eu queria... na verdade... sim, eu queria dissecar você, mas Primus se ofereceu para ficar no seu lugar.

HELENA (*Põe as mãos no rosto*) Primus?

ALQUIST Mas é claro, qual o problema? Ah, criança, você sabe chorar? Diga, o que é que depende de um Primus qualquer?

PRIMUS Não a magoe, senhor!

ALQUIST Quieto, Primus, quieto! Para que se lamuriar? Meu Deus, Primus não vai existir mais. Em uma semana você o terá esquecido. Vá, fique feliz por estar viva.

HELENA (*Baixando a voz*) Faça em mim.

ALQUIST Fazer o quê?

HELENA Faça em mim a necropsia.

ALQUIST Em você? Você é linda, Helena. Seria um estrago.

HELENA Mas eu vou.

(*Primus se põe no caminho dela*)

Deixe-me, Primus! Deixe-me ir!

PRIMUS Você não vai, Helena! Por favor, saia daqui, você não pode ficar aqui!

HELENA Vou pular da janela, Primus! Se você for, eu pulo da janela!

PRIMUS (*Segura-a*) Não vou deixar!

(*Falando a Alquist*) Seu velho, você não vai matar ninguém!

ALQUIST Por quê?

PRIMUS Nós... nós... pertencemos um ao outro.

ALQUIST Você é quem disse.

(*Abre a porta do meio*)

Quietos. Podem ir.

PRIMUS Para onde?

ALQUIST (*Murmurando*)

Para onde quiserem. Helena, leve-o daqui. (*Empurra-a para fora*)

Vá, Adão. Vá, Eva; você será a esposa dele. Seja o esposo dela, Primus.

(*Eles saem, e ele fecha a porta*)

ALQUIST (*Para si mesmo*) "Ah, que dia abençoado!"

(*Vai na ponta dos pés até a mesa e vira o conteúdo do tubo de ensaio no chão*)

O abençoado sexto dia!

(*Senta-se à escrivaninha, jogando os livros no chão; depois abre uma Bíblia, folheia e lê*)

"Deus criou o homem à sua imagem, à imagem de Deus Ele o criou, homem e mulher Ele os criou. Deus os abençoou e lhes disse: 'Sede fecundos, multiplicai-vos, enchei a terra e submetei-a; dominai sobre os peixes do mar, as aves do céu e todos os animais que rastejam sobre a terra'."*

(*Levanta-se*)

"Deus viu tudo o que tinha feito: e era muito bom. Houve uma tarde e uma manhã: sexto dia."**

(*Vai até o meio do cômodo*)

O sexto dia! O dia da graça.

(*Cai de joelhos*)

* Gênesis 1: 27, 28. [N. E.]

** Gênesis, 1: 31. [N. E.]

Senhor, agora libertareis este vosso devoto... vosso mais indigno servo Alquist. Rossum, Fabry, Gall, nobres inventores, o que de grandioso vocês inventaram contra essa moça, contra esse rapaz, contra esse primeiro casal que descobriu o amor, o choro, o sorriso apaixonado, a paixão entre homem e mulher? Natureza, oh, natureza, a vida não vai perecer! Camaradas, Helena, a vida não vai perecer! Vai começar de novo a partir do amor, vai começar nua e pequenina; vai criar raízes no deserto e não precisará de nada que tínhamos feito e construído: nossas fábricas, nossa arte, nosso pensamento. E mesmo assim não vai perecer! Apenas nós é que vamos perecer. As casas e máquinas vão ruir, os sistemas humanos vão se decompor e as grandes reputações vão tombar feito folhas; apenas o amor vai florescer nos escombros e confiar aos ventos a semente da vida. Senhor, agora deixareis este vosso devoto em paz; porque meus olhos testemunharam... testemunharam a vossa salvação através do amor, e a vida não perecerá!

(*Levanta-se*)

Não perecerá!

(*Ergue e estende as mãos*)

Não perecerá!

CORTINAS

SOBRE O AUTOR

Um homem que já se preocupava com dilemas muito à frente de seu tempo, Karel Čapek nasceu na atual República Tcheca, em 1890, e teve grande relevância nos movimentos literário e artístico ao longo da primeira década do século 20.

Sua carreira como escritor e dramaturgo teve grande impacto na cultura pop: foi a peça *R.U.R. (Os Robôs Universais de Rossum),* de 1920, que cunhou a palavra robô e levou a preocupação com a criação de vida artificial a um novo patamar. Um crítico extremamente perspicaz, Čapek teve a vida marcada pelo ativismo político e pela preocupação com as implicações sociais e éticas da tecnologia.

TIPOGRAFIA: Media 77 - texto
Druk - entretítulos
PAPEL (capa dura): Pólen Natural 70 g/m² - miolo
Couché 150 g/m² - capa
Offset 150 g/m² - guardas
PAPEL (brochura): Pólen Natural 70 g/m² - miolo
Cartão Supremo 250 g/m² - capa

IMPRESSÃO: Gráfica Santa Marta
Março/2024